仇討ち東海道(一)

お情け戸塚宿

小杉健治

幻冬舎時代小説文庫

仇討ち東海道（一）

お情け戸塚宿

目次

隅田川
武蔵
六郷川
日本橋
品川
神奈川
川崎
相模
甲斐
富士川
富士山
酒匂川
大山
戸塚
保土ヶ谷
江戸湾
天龍川
箱根山
駿河
藤沢
平塚
大磯
小田原
馬入川
三島
箱根
蒲原
興津
由比
原
沼津
吉原
安倍川
大井川
遠江
府中
江尻
薩埵峠
相模湾
岡部
丸子
小夜中山
島田
藤枝
伊豆
掛川
金谷
日坂
駿河湾
見付
袋井
宇津谷峠
菊川
遠州灘

仇討ち東海道 宿場地図

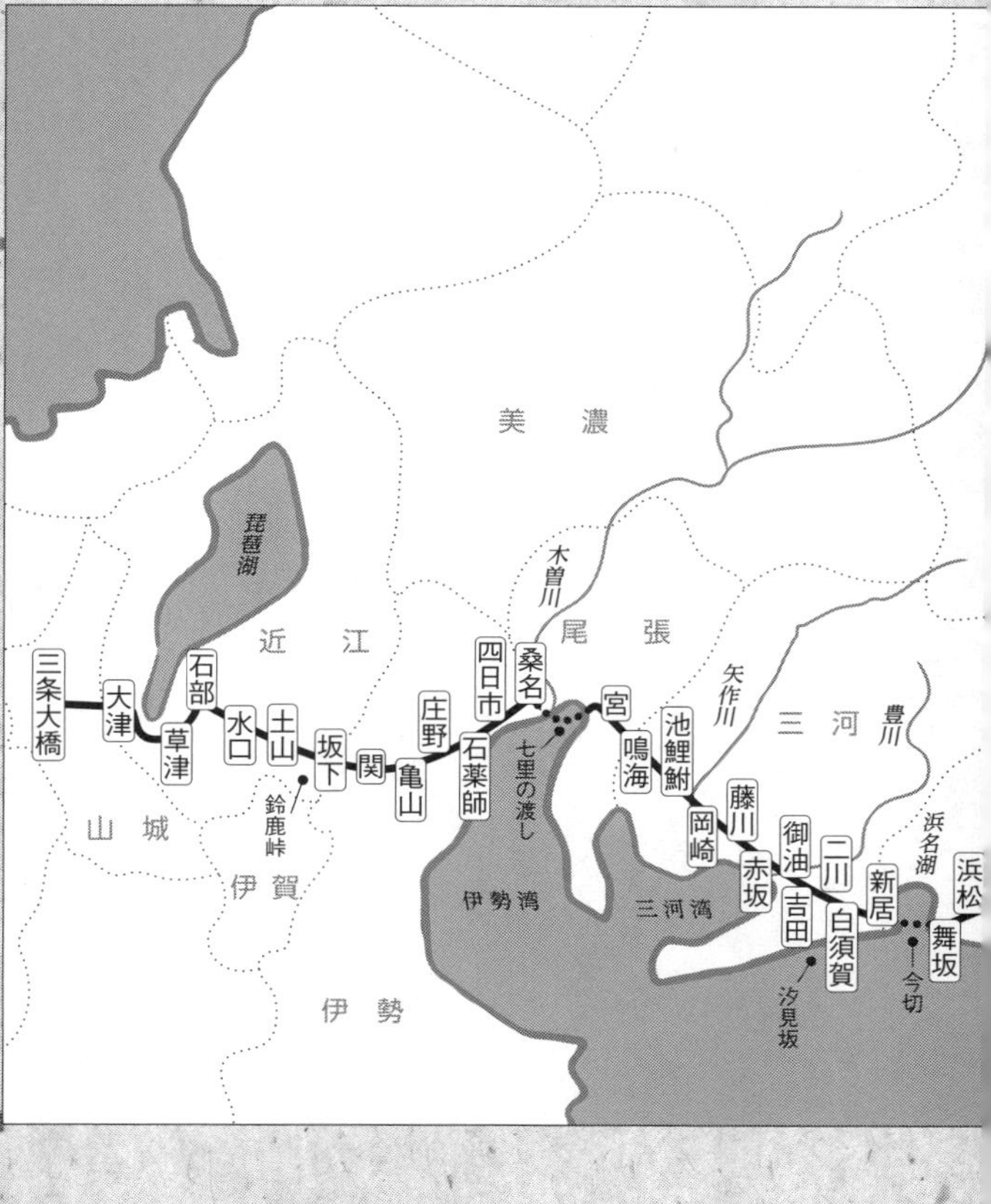

美濃
琵琶湖
近江
木曽川
尾張
矢作川
三河
豊川
浜名湖
三条大橋
大津
草津
石部
水口
土山
坂下
鈴鹿峠
関
亀山
庄野
石薬師
四日市
桑名
七里の渡し
宮
鳴海
池鯉鮒
岡崎
藤川
赤坂
御油
吉田
二川
白須賀
汐見坂
新居
今切
舞坂
浜松
山城
伊賀
伊勢
伊勢湾
三河湾

第一章　仇討ち願い

一

享保《きようほう》十三年（一七二八）の三月初め、桜の開花は近そうだ。お濠《ほり》の水が朝陽を受けて白く輝いている。

数寄屋橋御門《すきやばしごもん》を抜けると、白漆喰《しつくい》の海鼠《なまこ》壁に番所櫓《やぐら》のついた長屋門の南町奉行所が現われた。今月の月番で、門は開かれている。

矢萩夏之介《やはぎなつのすけ》と従者《じゆうしや》の小弥太《こやた》は威厳ある門の前に立ち止まった。夏之介は二十四歳、小弥太は二十二歳である。

「よし、行くぞ」

夏之介が下腹に力を込めて言う。

「はい」

小弥太も大きな声で応じた。

門番所に近づき、

「お願いの儀がございます」

と、小弥太は厳めしい顔の門番に言う。

「中に入って当番所に願い出てから腰掛で待て。何人も待っているから呼ばれるまで時間がかかるかもしれぬが」

江戸者ではないと見たのか、見掛けによらず番人は親切に言う。

夏之介と小弥太は小門をくぐった。

玄関まで敷石が続いており、両側は玉砂利だ。腰掛は門を入った左手にあった。

腰掛とは公事人《くじ》や付添いのものが控える場所だ。大勢のひとが待っていた。

「手続きをしてきます」

小弥太は当番所に向かった。

当番所にいる物書同心に願い書を渡し、小弥太は腰掛に戻った。

「これは時間がかかりそうだな」

夏之介は渋い顔をした。眉《まゆ》は濃いが、切れ長の目は憂いに満ち、女のように柔らかな顔だちだ。

やさしい人柄なので、女子衆《おなごし》に好かれる。武士としてはどこか弱々しい印象は否《いな》めないが、剣は一刀流の遣い手だ。

「でも、付添いの家主もいっしょにいるので、見た目ほど多くはないと思います」

小弥太は辺りを見回して言う。

今また、羽織り袴《はかま》の男が呼ばれて行った。

「それでも、かなり待たされるだろう」

そう言い、夏之介は周りを見る。小弥太も見回す。百姓《ひやくしよう》らしい男も多い。世の中には揉《も》め事が多いのだとつくづく思う。

矢萩家の奉公人である小弥太は子どもの頃から夏之介と兄弟のように暮らしてきた。そのせいか、姿形は実の兄弟のように似ている。ただ、夏之介には気品のようなものが備わり、小弥太のほうは野性的で眼光も鋭い。

半刻（約一時間）ほど経《た》ってから、夏之介の名が呼ばれた。

ふたりで当番所に向かう。そして、当番与力の前で蹲踞《そんきよ》の姿勢をとった。
二十二、三歳と思える当番与力は、小弥太が差し出しておいた願い書に目を落と

し、

「仇討《あだう》ち願いか」

と、驚いたようにきく。

「さようでございます」

小弥太は胸を張って答える。

「矢萩夏之介はそのほうか」

与力が小弥太と顔を見比べてから、夏之介にきいた。

「仙北藩飯田備後守家来《せんぼくはんいいだびんごのかみけらい》、矢萩夏右衛門《なつえもん》が一子、夏之介でござる」

夏之介は軽く頭を下げた。

「仇の名は新谷軍兵衛《しんたにぐんべえ》。相違ないな」

「はっ。我が父矢萩夏右衛門を些細《ささい》なことから討ち、立ち退《の》きました。直ちに新谷軍兵衛を追って出たため、藩に仇討ち願いを出せぬままにございました」

矢萩夏右衛門は物頭《ものがしら》役で、戦時では足軽大将という身分だ。平時は城の警備をしている。下級藩士であるが、文武両道に優れ人望もあった。ひとから頼まれれば、いやな顔ひとつせずに引き受ける。そういうやさしい性格は夏之介にも受け継がれている。

だが、そのやさしさで、今回命を落とす羽目になったのだ。新谷軍兵衛は、夏右衛門の配下だった。

「今どき、仇討ちとは見上げたものでござる。あいや、わかった。お奉行の裁可を待つように」

「いつまでお待ちすればよろしいのでしょうか」

「十日からひと月と思われよ」

仙北藩に問い合わせをし、真偽を確かめねばならないと言い、さらに付け加えた。

「仇討ちを装って、ひとを殺す輩《やから》もいるのだ。いや、そなたたちのことを疑っているわけではない」

「もし、その間に、仇を討ったらどうなるのでしょうか」

小弥太がきいた。

「下手人としていったんはお縄になるかもしれぬが、仇討ちの願いが出ているのであるから、すぐにお解き放ちになるだろう」

与力は願い書を物書同心にまわした。

夏之介と小弥太は南町奉行所を出た。

「これで、いつ新谷軍兵衛に巡り合っても心配いりませぬ」

小弥太は意気込んで、数寄屋橋御門を抜ける。

「それにしても藩は冷たいものよ。誰も進んで仇討ち願いをご公儀に出してくれようとせぬのだからな」

また、夏之介は愚痴を言う。

「武士道がだんだん廃《すた》れていくご時世でございます。仇討ちが武士の誉れと言われたのは昔のことでございます」

荒木又右衛門《あらきまたえもん》が鍵屋《かぎや》の辻《つじ》で、渡辺数馬《わたなべかずま》に手を貸し、仇《かたき》河合又五郎《かわいまたごろう》を討った世に名高い仇討ちは江戸初期であるし、また赤穂《あこう》義士が吉良《きら》上野介《こうずけのすけ》を討ったのは元禄《げんろく》である。

その頃はまだ、仇討ちには留守宅にも藩から扶持《ふち》が出て、首尾よく仇討ち本懐を遂げれば帰参後には加増されることがあった。

だが、近頃、仇討ちはまったくの私事であり、藩とは関わりないという考えに変わっていた。

夏之介のいた仙北藩でも、父の仇を討ちたければお役をやめて、勝手にやれということだ。お役をやめるということであれば、矢萩家には扶持は出ないのだ。

むろん、仇討ちの本懐を遂げれば帰参は叶《かな》うが、加増などまず期待できない。仇討ちなど諦めて、御奉公に精を出せ。それが、藩の重役の言葉だった。

それでも、仇討ちの旅に出たのだ。

藩からの援助がないことを思い知らされたのは、きのう江戸に着き、鉄砲洲《てっぽうず》にある仙北藩の上屋敷を訪ねたときのことである。

藩を出て仇討ちの旅に出た以上、今は家中の者ではないから逗留《とうりゅう》は叶わぬと拒《こば》まれた。仙北藩ではもはや仇討ちは私闘に変わりないということになっていたのだ。

もちろん、新谷軍兵衛がやってきても追い払うと言っていたが、軍兵衛が上屋敷を訪ねることはない。他に匿《かくま》ってくれるところがあるのだ。

夏之介と小弥太には助けてくれる者がない。

新両替町四丁目の角を曲がり、京橋方面に向かう。ここは日本橋を起点とした東海道にあたり、目抜き通りである。幅十間（約十八メートル）ある大通りの両側に大店《おおだな》が並んでいる。京橋を渡ると、さらなる人通りだ。

日本橋に差しかかる。左には商家の土蔵が並ぶ、橋を渡った右手は魚河岸《うおがし》である。

江戸に来て驚いたのは、ひとの多さだ。通りにはたくさんのひとが行き交う。

奥州街道《おうしゅうかいどう》をひたすら歩き、きのう千住宿《せんじゅじゅく》から山谷《さんや》を抜けた。浅草寺《せんそうじ》の前を通って、まず雷門《かみなりもん》前の賑《にぎ》わいに驚き、さらに蔵前《くらまえ》から浅草御門《あさくさごもん》を抜けて両国広小路《りょうごくひろこうじ》の賑わいに目を見張った。

江戸の町に圧倒され続けたが、夏之介と小弥太には仇を討つという大望がある。その大望の前には花のお江戸も霞んで見えた。

日本橋を渡り、日本橋馬喰町《ばくろちょう》にある旅籠《はたご》『井筒屋《いづつや》』にいったん戻った。きのう、上屋敷の逗留を断られたあと、この旅籠にやってきたのである。

「お帰りなさいませ」

女中が土間で迎えた。

「あとで、切絵図をお持ちいたします」

「うむ。かたじけない」

今朝、出掛けに江戸切絵図があれば貸してもらいたいと、女中に頼んでおいた。

その際、旗本武藤伊織《むとういおり》の屋敷を探していると話した。

夏之介と小弥太は梯子《はしご》段をあがり、とっつきの部屋に入った。

小弥太は窓辺に立った。向かいに薬種問屋や鼻緒《はなお》問屋、仏具屋が並んでいる。下を通る侍にはっとしたが、軍兵衛とは似ても似つかなかった。

「新谷軍兵衛はほんとうに江戸にいるのだろうか」

背後で、夏之介が呟《つぶや》く。

「必ず、武藤さまのお屋敷に潜んでいるはずです」

武藤伊織は二千石の旗本である。新谷軍兵衛の妹が伊織の妾《めかけ》だ。妹の頼みに、武藤家では軍兵衛を匿っていると睨《にら》んでいる。

もっとも、大名や旗本が仇持ちを仕官させたり、匿ったりすることは出来ない。仇持ちとわかったら、ただちに放逐《ほうちく》しなければならない決まりだ。したがって、軍兵衛は仇持ちであることを隠して、屋敷に留まっているのだろう。

「武藤家に乗り込み、軍兵衛を差し出してもらうわけにはいかないものか」

夏之介はいらだったように言う。

「それは無理でございましょう。いったん匿ったものを、我らごときにあっさり引き渡すはずはありません。それに、側室の兄ですからね。そんな男は知らないと、とぼけられるだけです」

「そうか」

夏之介は気弱そうに言う。

亡き夏右衛門が案じていたように、夏之介には気骨がない。そのことが心配ゆえ、小弥太、夏之介の後ろ盾になってくれ、と夏右衛門はよく言っていた。

「まず、軍兵衛が武藤家にいることを確かめなければなりませぬ」

「どうやって？」

「軍兵衛がずっと屋敷でくすぶっているとは思いません。必ず、外に出ます。新谷軍兵衛は無類の女好きと聞きます。江戸に来たのなら、必ずや吉原に行きましょう」

「では、出てきたところを襲えばよいか」

夏之介は目を輝かせた。

「ただ、ひとりとは限りません。用心をして、供をつけているかもしれません。そうしたら、迂闊《うかつ》には手が出せません。ともかく、武藤伊織さまの屋敷の場所がわかり次第、屋敷を見張りましょう」

小弥太が言ったとき、

「失礼いたします」

と、廊下で男の声がした。

「どうぞ」

小弥太が応える。

障子を開けて入ってきたのは宿の亭主だった。

主人はふたりの前で挨拶《あいさつ》をしてから、

「武藤伊織さまの屋敷をお探しだと、女中から聞きました。失礼ではございますが、いったい、どのようなわけでございましょうか」

と、窺《うかが》うような目をくれた。

「じつは我らが探し求めている者が武藤さまのお屋敷にいるらしいのです」

夏之介が答える。

「お探しの相手というのは？」

「それは我が父……」

「夏之介さま」

小弥太は夏之介を制した。滅多なことを口に出来ないと用心したのだ。もし、この主人が武藤伊織と知り合いだったら、筒抜けになってしまう。こっちのことが知られたら、軍兵衛に逃げられてしまいかねない。

「ご懸念《けねん》には及びません。私は武藤伊織さまとは所縁《ゆかり》はありません」

そう言ったあとで、主人は前のめりになって小声できいた。

「ひょっとして、あなたさま方は仇討ちでは？」

「どうして、そう思われるのか」

夏之介が驚いてきいた。

「きのう当宿にこられた際、おふたりともかなり険しい顔つきでございました。まるで、敵地に乗り込んだような」

小弥太ははっと息を呑《の》んだ。

「何年か前にも仇討ちのお侍さまが投宿されたことがございます。そのお侍さまはただならぬ雰囲気でした。おふたりから、そのお侍さまと同じような気配をお受けしました」

さらに、亭主は続ける。

「今朝お出かけの際、奉行所の場所をお訊《たず》ねになりました。訴え事ならば公事宿に泊まるはず。なのにふつうの旅籠に泊まり、御番所へ。そういったもろもろのことをかねあわせ、ひょっとして目指す仇が武藤伊織さまのお屋敷に、と推し量りました」

「驚きました」

夏之介が素直に感じ入った。

「やはり、さようでございましたか」

亭主は大きく頷き、

「じつはそうではないかと思い、武藤伊織さまのお屋敷の場所を調べておきました」

「ご亭主、それはまことか」

夏之介は喜色を露《あらわ》にした。

「はい。私の弟が呉服屋をやっていますので、いろいろな旗本屋敷に出入りをしています。弟に訊ねたところ、武藤伊織さまの名を知っておりました。ご懇意にしております殿様の知り合いだとか」

「して、お屋敷は？」

小弥太は急《せ》いてきいた。

「はい。下谷御徒町《したやおかちまち》でございます。藤堂和泉守《とうどういずみのかみ》さまの上屋敷の裏手だそうにございます。柳原通《やなぎわらどお》りを突っ切り、神田川にかかる和泉橋を渡れば御徒町です」

江戸の土地に不案内なふたりに、亭主は細かく教えてくれた。

「ご亭主、かたじけない」

夏之介は深々と頭を下げた。

「どうぞ、お顔をお上げになってくださいませ。私がお教えしなくても、いずれ調べがついたこと」

「いえ、江戸の案内に疎《うと》い我らは、いたずらに時間ばかりを無駄にしたところです」

「どうぞ、無事仇討ちのご本懐を遂げられることをお祈り申し上げます」

「かたじけない」

夏之介は感じ入ったように、改めて礼を言った。

亭主が部屋を出て行ったあと、

「小弥太。いよいよぞ」

と、夏之介は緊張からか声を震わせた。

「はい」

小弥太は勇んで応じた。

いつ軍兵衛と立ち合いになってもいいように、下に白の死装束をまとい、ふたりは宿を出た。

「亭主、出かけて来る」

夏之介は昂《たかぶ》りを抑えて言う。

亭主に見送られて、夏之介と小弥太は宿を出た。目指すは武藤伊織の屋敷だ。

小伝馬町《こでんま》から柳原通りを突っ切り、柳原の土手に上がる。芽吹きはじめた柳が風に揺れている。荷足船《にたりぶね》がゆっくり神田川を遡《さかのぼ》って行く。

和泉橋を渡り、やがて右手に大きな大名屋敷が見えてきた。

「藤堂和泉守さまの屋敷ですね」

小弥太が逸《はや》る心を抑えて言う。この屋敷の裏手に、武藤伊織の屋敷があるのだ。

覚えず、足が速まった。

藤堂和泉守の屋敷の塀に沿って進み、塀が途切れた角に辻番所があった。

小弥太は厳めしい顔で立っている番人に近づき、

「武藤伊織さまのお屋敷はどちらでございましょうか」

と、きいた。

「武藤さまは三軒目だ」

番人は胡乱《うろん》な目つきで答えた。

「ありがとうございました」

小弥太は礼を言い、夏之介のところに戻った。

「聞いて参りました」

角を右に曲がる。右に藤堂和泉守の屋敷の裏塀が続き、左に武家屋敷が並んでいる道に入る。

「三軒目ですから、あれです」

長屋門の屋敷に目をやった。通り沿いに長屋が続いている。窓から、軍兵衛が覗《のぞ》いているかもしれず、迂闊な真似は出来ない。

「小弥太。このまま、前を突っ切ろう。決して、きょろきょろするな」

夏之介が注意をする。

「わかりました」

小弥太は応じる。

ふたりは武藤伊織の屋敷の前を素通りした。長屋の窓から誰かに見られているような気がしたが、小弥太は気づかぬ振りをして行きすぎる。

「誰かが見ているようでした」

小弥太が歩きながら言う。

「軍兵衛であろうか」

「いや。軍兵衛はまだ我らがやってきたことは知らないはずです」

小弥太は首をひねった。

「だが、追って来ると思っているだろう」

夏之介が反論する。

曲がり角に来てから、振り返る。見張りをする場所は、藤堂和泉守の裏塀の傍《そば》にある銀杏《いちょう》の樹の陰だ。あそこに身を隠し、門を見張るのが一番いい。小弥太はそう思った。

「夏之介さまは先にお引き上げください。あとは、私が見張っています」

「いや。私も見張る。ひとりで、宿でじっとなどしていられるものか。それに、軍兵衛が出てきた場合に備え、ふたりでいたほうがいい」

夏之介は力んで言う。

「わかりました。では、あそこの銀杏の樹の陰から屋敷を見張りましょう」

ふたりが銀杏の陰に隠れてしばらくすると、御徒町の通りから商家の手代ふうの若い男がやってきた。

武藤伊織の屋敷の門に向かった。門番は男を中に引き入れた。出入りの商人なのだろうか。

その男が出て来るまで四半刻（約三十分）もかからなかった。来た道をまっすぐ戻って行った。

それから、屋敷を訪れる者はなく、門から出て来る者もなかった。

静かな時が流れ、辺りが暗くなった。

「きょうは引き上げよう」

と、夏之介が諦めたように言う。

えっ、と小弥太はきき返した。

「もう出て来ないだろう」

「夜になってから出かけるかもしれません」

小弥太は異を唱えた。

「夜では暗闇にまぎれて逃げられてしまう恐れがある。明日にしよう。軍兵衛は必ずここにいる。そうとわかっているのだから、焦《あせ》る必要はない」

「わかりました」

小弥太はそれ以上は逆らわなかった。

旅籠に帰ると、亭主が部屋にやってきて、

「いかがでございましたか」

と、真顔になってきいた。

「きょうはだめでした。また、明日、見張ります」

小弥太が答える。

「しかし、外に出て来るかが問題だ」

夏之介が心配した。

「必ず、出てきますとも。江戸にきたのなら、必ずや吉原で遊びましょう。男ならきっと行くはずです」

亭主が励ますように言う。

「そうだ。軍兵衛は女好きだ。屋敷の中でじっとなどしていない。必ず、遊びに行く」

夏之介も意を強くしたように答えた。

吉原の評判は小弥太の耳にも入っている。江戸唯一の公認の遊廓であり、大名、大身旗本、豪商たちを相手にする遊女たちもそれなりの芸を身につけ、教養も高かった。もちろん、そういう大見世ばかりでなく、中見世、小見世、さらには河岸女郎と呼ばれる安女郎もいる。

軍兵衛は吉原に行く。そのときが好機だ。明日こそ勝負の日になる。小弥太はそんな気がしていた。

二

小弥太は朝起きるとすぐ宿の裏庭に出て、剣の素振りをした。

小弥太は武士の子ではない。仙北藩の在方の貧しい小作人の子で、父は農閑期には草鞋《わらじ》を編み、城下まで売りに行っていた。

小弥太が六歳のときだった。その日、父は熱があり、満足に歩ける状態ではなかった。それでも、母が病に臥《ふ》していて、薬代を稼ぐために草鞋を売りに行かねばならなかった。それで、小弥太といっしょに城下に向かった。

だが、やはり無理だった。途中、気分が悪くなって、神社の鳥居の陰で休んだ。父は荒い息をして苦しそうだった。

小弥太は通りがかりの武士に助けを求めた。

「お願いでございます。おとうが動けなくなりました。お助けください」

その武士はすぐに父の傍に行き、様子をみて、

「この者を屋敷に」

と、供の者に命じた。

「心配いたすな。ついて参れ」

武士は小弥太に声をかけた。これが矢萩夏右衛門だった。面長の、品のよい顔だちで、当時三十歳ぐらいか。

夏右衛門が三の丸内にある自分の屋敷に連れて行ってくれ、長屋の空いている部屋に寝かせてくれた。

すぐに医者を呼んでくれた。かなり危険な状態だったが、医者の手当と矢萩家の献身的な看病の末に危機を脱し、回復に向かった。それでも、全快まで一カ月を要した。

その間、夏右衛門は母のことまで気にかけてくれた。

元気になった父に、夏右衛門は下男として働かないかと誘ってくれた。

「助けていただいたうえに、そこまでしていただいては……」

「妻女もここで養生をさせよ。ちょうど下男を雇わねばならないと思っていたのだ。小弥太も、夏之介の遊び相手になってくれればよい」

夏右衛門は掘っ建て小屋のような小弥太の家に驚いて、一家の面倒をみてくれようとしたのだ。

「小弥太のためにも、そうせい」

「ほんとうによろしいのでしょうか」

「構わぬ」

「ありがとうございます。どうぞ、よろしくお願いいたします」

父は平伏した。

こうして小弥太とふた親は矢萩家の屋敷で暮らすようになった。

夏右衛門は小弥太にも剣術と学問を習わせてくれた。

十年後に母が亡くなり、さらにその五年後に父が亡くなった。死に際、父は枕頭に小弥太を呼び、

「矢萩家の方々のご恩を忘れるな。俺に代わって、立派にご奉公してくれ」

と、聞き取りにくい声で訴えた。

「おとう。安心してくれ。必ず、おとうのぶんまで恩返しをする」

父はにこりと笑って死んでいった。

夏右衛門と妻の松《まつ》は小弥太を我が子のように慈《いつく》しんでくれた。夏之介も弟のよう

に接してくれた。

夏右衛門が新谷軍兵衛に殺されたとき、小弥太は実の父親が亡くなったとき以上に号泣した。

きっと、仇を討ち、夏右衛門の墓前に報告するのだと誓った。悲しみの癒えぬ中、いよいよ仇軍兵衛を追い詰めたという手応えを感じていた。

稽古を終え、部屋に戻ると、朝餉《あさげ》の支度が出来ていた。

朝から、小弥太はなんとなく胸がざわついていた。

「夏之介さま。きょうこそ、軍兵衛に会えるような気がします」

「うむ。私もそう思う」

夏之介は浮かぬ顔で答えた。

やはり、仇討ちとはいえ、ひとを斬ることにためらいがあるのだろうか。そうであっても、軍兵衛の顔を見れば、恨みの炎が燃え上がるはずだ。小弥太はそう信じた。

それから一刻（約二時間）後、夏之介と小弥太は藤堂和泉守の裏にある樹の陰から、武藤伊織の屋敷の門を見張った。

朝五つ半（午前九時）をまわった頃、乗物が出て行った。武藤伊織が登城するのであろう、乗物の周囲に供の侍がついている。

その後は再び静かになった。ときたま、周辺の屋敷の武士が通り過ぎて行く。

太陽が中天から少し傾きだした。

「夏之介さま、お食べください」

宿で作ってもらった握り飯を差し出す。

「いい、まだ腹は空かぬ」

「でも、食べておかないと、いざというとき十分に動けません」

小弥太は無理にでも食べさせようとした。

「うむ」

夏之介は握り飯を受け取った。

小弥太も握り飯を頬張った。その間も、門から目を離さない。

夏之介がそわそわしだした。

「小便だ」

銀杏の樹の陰に走り、そこで用を足す。

乗物は戻ってきた。武藤伊織が下城してきたのだ。

それからまたも静かになった。

陽が傾いてきた。西陽が射して眩《まぶ》しい。

「門が開きました」

はっとして、小弥太は西陽のあたる門を見る。

中間《ちゅうげん》ふうの男のあとから、中肉中背の侍が出てきた。二十七、八歳。細面で、顎《あご》が鋭く尖《とが》っている。

「やっ、軍兵衛だ」

小弥太は飛び出しそうになった。

「待て」

腕を摑《つか》んで、夏之介は引き止めた。

軍兵衛のあとから三十過ぎと思える大柄な武士が出てきた。どうやら、警護の者か。

大柄な武士を先頭に、軍兵衛と中間の三人は屋敷を出発した。ゆっくりとした歩みだ。軍兵衛ら三人は目の前を通りすぎる。

「あとをつける」

夏之介は力強い声で言う。やはり、軍兵衛の顔を見て、闘志がわき上がったのだ。

「はい」

小弥太は興奮して応じる。

まっすぐ向柳原から三味線堀《しゃみせんぼり》に向かい、その手前で右に折れ、武家地を抜ける。新堀川《しんぼりがわ》に出た。堀沿いを北に向かうと寺の大屋根が見えてきた。そのまま、大きな寺の横を川沿いに進む。寺は東本願寺だ。

その頃から辺りは暗くなってきた。大柄な武士が軍兵衛と別れ、東本願寺の裏側で橋を渡った。軍兵衛と中間はまっすぐ川沿いを行く。

「しめた。中間とふたりならこっちのものだ」

夏之介が意気込む。

「でも、あの侍はどこへ行ったのでしょうか」

小弥太はなんとなく気になりながら、軍兵衛と中間のあとを追った。ふたりは道なりに、町家と武家屋敷が混在している一帯に入った。

さらに、町角を右に折れた。

「町中ではまずいな」

夏之介が焦ったように言う。

「おや、中間が」

中間が軍兵衛と別れ、途中にあった寺の山門に入って行った。小弥太は不思議に思った。

「小弥太。好機ぞ。軍兵衛がひとりになった」

やがて、両側に寺の塀が続く寂しい道になった。行く手に田圃《たんぼ》が広がっているのがわかった。入谷《いりや》田圃である。

「行きますか」

小弥太がきくと、夏之介から返事がなかった。おやっと思って顔を見る。なんとなく、気乗りのしない顔だ。

「夏之介さま」

「うむ。よし、小弥太、行くぞ」

自分を叱咤《しった》して、夏之介は袴の股立《ももだち》を取り、素早くたすき掛けになった。

「はい」

いよいよ、夏右衛門の仇を討つときが来た。小弥太もたすき掛けをしてから、刀の柄《つか》に手をかけた。

あれは半月ほど前の二月二十日だった。

小弥太が庭の掃除をしていると、夏右衛門が玄関から出てきた。

「旦那さま。お出かけでございますか」

小弥太は箒《ほうき》を片づけ、供をしようとした。

「いや、供はいい」

「よろしいのですか」

夏右衛門が難しい顔をしていたので、気になり、

「どちらでございますか」

と、小弥太はきいた。

「新谷軍兵衛のところだ」

「新谷さまですか」

新谷軍兵衛は徒士《かち》組で、物頭の夏右衛門とは仕事の上では直接の関わりはなかった。

小弥太は門の外まで夏右衛門を見送った。それが、小弥太が生きている夏右衛門を見た最後となった。

夜になっても帰らないのを不審に思い、夏之介と小弥太は新谷軍兵衛の屋敷を訪ねた。軍兵衛の養母が答えた。

「矢萩どのは昼間訪ねてきたが、四半刻ほどで引き上げました」

「軍兵衛さまはいらっしゃいますか」

「いいえ、出かけております」

白髪混じりの髪の養母は厳しい顔で言う。

それ以上、問いただすことは出来ず、夏之介と小弥太は屋敷に戻った。案外と、行き違いになって、もう屋敷に帰っているかもしれない。そう期待したが、夏右衛門は帰っていなかった。

夏之介は上役や朋輩《ほうばい》の屋敷を訪ねた。が、来ていないという返事だった。

夜になっても帰らず、小弥太はもう一度、新谷軍兵衛のところに向かった。

月が出ていて、提灯《ちょうちん》は必要なかった。

新谷家に行ったが、やはり養母が出てきて、

「軍兵衛はどこに行ったかわかりません」

と、不機嫌そうに言うだけだった。

養母がいらだっていることが気になった。軍兵衛と夏右衛門の間で何かあったのではないか。そう思ったが、養母はすぐ奥に引っ込んでしまった。

小弥太は悄然《しょうぜん》と引き上げた。

外に出てふと帰り道と反対のほうが気になった。この先に八幡《はちまん》神社がある。虫の知らせだったのか、それとも夏右衛門が呼んだのか。

小弥太はそのほうに足を向けた。八幡神社に近付くと、突然神社の裏手から甲高《かんだか》い声が聞こえた。悲鳴だ。小弥太は駆け出した。

神社の裏手から若い男女が走ってきた。逢引きでもしていたのか。小弥太はふたりの前に立ち塞《ふさ》がり、

「どうかしましたか」

と、声をかけた。

「ひとが、ひとが……」

最後まで聞かず、小弥太は駆け出した。

神社の裏手の雑木林の中に、うつ伏せに侍が倒れていた。月影に浮かび上がったのは夏右衛門の変わり果てた姿だった。

「旦那さま」

小弥太は駆け寄った。

肩から背中を斬られていた。腹部にも傷がある。夏右衛門は刀を抜く間もなかったようだ。不意を衝《つ》かれたことがわかる。

軍兵衛の仕業に違いないと思ったが、その追及の前に、屋敷に知らせなければならなかった。

悲鳴を聞きつけて現われた数人の人影に向かい、

「どなたか莚《むしろ》をお持ちください」

と、声を張り上げた。

無残な姿を曝《さら》しておきたくなかった。

夏之介が駆けつけたのは、それから四半刻後だった。

「父上」

夏之介は跪《ひざまず》き、肩を震わせていた。

小弥太は軍兵衛の屋敷へもう一度行った。

「何ごとですか。夜分に」

軍兵衛の養母が不快そうな顔で出てきた。

「軍兵衛さまはいらっしゃいますか」

小弥太は問いただすように言う。

「帰っておりませぬ。明日、出直してください」

「我が主人、矢萩夏右衛門が何者かの手にかかって果てました。もしや、軍兵衛さまが何かご存じではないかと思ったのです。軍兵衛さまは、いつお戻りですか」

「知りません。お帰りなさい」

ぴしゃりと言い、養母は奥に引っ込んだ。

通夜、葬儀があわただしく行われた。

葬儀のあと、夏右衛門配下の生野格之進《しょうのかくのしん》が、夏之介と母の松の前に出て、打ち明けた。

「新谷軍兵衛が我が妻に横恋慕をしており、留守中に押しかけては妻を手込めにしようとしました。このことを、矢萩さまに相談しました」

軍兵衛の女癖の悪さはつとに知られていた。しかし、人妻にまで横恋慕するとはと、小弥太は呆《あき》れ返った。

夏右衛門は軍兵衛に何度も忠告をしたらしい。あの日も、夏右衛門がやってきて叱られた。引き上げる夏右衛門を追いかけ、八幡神社裏に誘い込み、不意を衝いて斬りつけたのに違いない。

すぐに軍兵衛を問いただそうとしたが、軍兵衛は事件の夜から姿を晦《くら》ましたのである。

「父上を殺した新谷軍兵衛をこのままにしておいては矢萩家の一分《いちぶん》が立ちませぬ。軍兵衛を追いなさい」

夏右衛門の妻女松が夏之介を前にして言う。

「なれど、母上をひとり置いては……」

夏之介は迷っている。

「私のことを気にかける必要はありません。父上の無念を晴らしてくだされ」

松はきっぱりと言う。

「しかし、我が藩は仇討ちを認めておりません。禄を捨てて、仇討ちの旅に出ることになります」

「僅《わず》かながら蓄えがあります。禄をもらえずともしばらくは過ごせます。また、そなたにも十分とは申せませんが、路銀を与えることが出来ます。母のことは心配いりません」

松は厳しい表情で言う。

「わかりました。では、留守中を小弥太に」

夏之介は意を決したように言う。

「お待ちください。私も仇討ちのお供をしとうございます。旦那さまは私にとっても父親同然。ぜひ、お供に」

小弥太は申し出た。

「小弥太。よう言うてくれました。どうか、夏之介を助け、みごと仇を討ってくだされ。このとおりです」

松が深々と頭を下げた。

「奥さま。もったいのうございます」

小弥太はあわてて言う。

「夏之介はやさしいところがあります。討つことをためらうかもしれません。無事仇を討てるように、小弥太は夏之介の尻を叩《たた》いてくだされ」

「必ずや」

小弥太は誓った。

すでに、軍兵衛は国を出奔《しゅっぽん》していた。だが、行き先は江戸しか考えられなかった。もともと軍兵衛は江戸生まれの江戸育ちであった。軍兵衛は幼名を彦一郎《ひこいちろう》といい、父親の小塚彦太郎《こづかひこたろう》は元掛川《かけがわ》藩の浪人で、神田佐久間《さくま》町にある無外流《むがいりゅう》の剣術道場で師範代を務めていた。

その道場に、仙北藩の藩士新谷軍兵衛が習いに来ていた。どういういきさつかわからないが、彦一郎は新谷軍兵衛の養子になった。十五年前のことだ。

新谷軍兵衛が国詰めになる際に、彦一郎も仙北藩の国元に赴いた。そして、五年前に軍兵衛が亡くなったあと、名を新谷軍兵衛と改めて家督を継いだ。

彦一郎には妹がいた。武藤伊織の屋敷奉公をしていて伊織の目にとまり、妾になっていた。

軍兵衛はもともと江戸の人間であり、妹を頼ることは容易に推察出来た。

「行き先は江戸です。必ずや、仇を」

三

松の声を背中に聞き、夏之介と小弥太が軍兵衛を追って国元を出発して七日目だった。

今、ようやく軍兵衛が目の前にいる。思ったより、はるかに早く夏右衛門の仇を討つ機会に恵まれたのも、軍兵衛の行き先がはっきりしていたからではあるが、天運は我らにあると思った。

ふたりは逸る心を抑えながら、軍兵衛のあとを追い、寺の塀が途切れ、入谷田圃に出ようとしたところで、夏之介が声をかけた。

「待たれよ、新谷軍兵衛」

軍兵衛の足が止まった。だが、そのまま背中を向けて立っている。驚愕《きょうがく》しているのかもしれない。

　ふたりは駆け寄り、

「新谷軍兵衛。矢萩夏之介だ。父夏右衛門の仇」

と、夏之介が名乗りを上げた。

　軍兵衛はゆっくり振り返った。微《かす》かに口元に笑みが浮かんでいる。

「夏之介か。おぬしは確か小者の？」

「小弥太だ」

　小弥太は名乗った。

「そうそう、そんな名だったな」

　軍兵衛はにやつきながら、

「わざわざ追ってきたのか。ごくろうなことだ」

と、侮蔑したように言う。

　なぜだ、と小弥太は心の内で問うた。軍兵衛はやけに落ち着いている。決して強がりではない。

「父の恨みだ」

夏之介が刀を抜いた。仇を目《ま》の当たりにして、夏右衛門の無念さが蘇《よみがえ》ったのか、夏之介は顔が紅潮していた。

小弥太は軍兵衛の態度が気になった。確かに、軍兵衛は無外流の遣い手であり、腕に覚えがあるからだろうが、それだけではないような気がした。

とっさに脳裏を掠《かす》めたのは、屋敷から出てきた武士と中間のことだ。

背後から足音が迫った。

あっ、と夏之介が叫ぶ。さっきの中間が三人の浪人を引き連れていた。

「夏之介に小弥太。おまえたちがやって来ることはわかっていた。返り討ちにしてくれよう」

軍兵衛が正体を現わした。

「謀《はか》ったな」

夏之介が呻《うめ》くように言う。

最初からここに誘《おび》き出す計略だったようだ。まんまとはまってしまった己の腑甲《ふが》斐《い》なさを嘆いても仕方ない。

「夏之介さまは軍兵衛を。私は浪人たちを相手にします」

小弥太は刀を抜いて言う。

「小弥太。殺すでない」

「はい」

夏之介はひとを斬るのが嫌いなのだ。だから、軍兵衛以外は斬るなと命じたのである。

「さあ、このふたりを殺《や》ってくださいな」

中間が浪人に言い、後ろに下がった。

夏之介は軍兵衛に向かった。小弥太は三人の浪人の前に立った。

小弥太は一刀流を夏右衛門から習い、さらに、剣術道場に通わせてもらって、直《じき》心影《しんかげ》流をも身につけていた。

「行くぞ」

いかつい顔の浪人が抜き打ちに斬りかかった。小弥太は飛び退き、相手の剣が空を斬った隙に足を踏み込み、浪人に斬りつけた。

浪人はあわてて横っ飛びに逃れたが、小弥太の剣は相手の右腕を掠めた。呻き声を発した。その間に、別の浪人が斬りつけてきた。

小弥太はその剣を鎬《しのぎ》で受けとめ、押してから力を抜いて剣を外し、相手がよろめいたところを肩に斬り込んだ。悲鳴を上げて、浪人は倒れた。

最後のひとりの浪人は剣を正眼に構えたまま動けずにいる。小弥太は夏之介のほうに目をやった。

いつの間にか、さっきの大柄な武士が現われ、軍兵衛とふたりで夏之介を寺の土塀に追い詰めていた。

「待てい」

小弥太は武士の背後に迫る。

武士は振り向いた。

「こしゃくな」

そう言い、武士は上段から斬りつけた。小弥太は腰を落とし、剣を掬《すく》いあげるようにして相手の剣を払った。

「やるな」

目も大きく、鼻もでかい。魁偉《かいい》な武士は凄《すさ》まじい表情で迫ってくる。小弥太も相手の懐に飛び込むように足を踏み出した。

剣がかちあい、火花が散った。両者の体が入れ代わった。

「夏之介さま。だいじょうぶですか」

「ああ。だが、ふたりを相手ではきつい」

軍兵衛と大柄な武士ふたりを相手では荷が重いと、夏之介は肩で息をしながら言う。

「こっちは任せてください」

小弥太は大柄な武士に剣尖《けんせん》を向けて言う。

「よし。一対一なら」

夏之介は勢いを盛り返した。

「大庭《おおば》どの。あとを頼んだ」

「えっ?」

大庭と呼ばれた大柄な侍が顔をしかめた。

軍兵衛は大庭の反応を無視して走り去った。

「あっ、待て」

夏之介が追おうとするのを、大庭と呼ばれた侍が立ち塞がった。

「行かせぬ」

「退いてください」

夏之介が頼む。

「今夜は諦めるのだな」

「新谷軍兵衛は父の仇です」

「我らはあの者を守るように命じられている。ここを通さぬ」

大庭が睨みつけて言う。

「大庭さまとおっしゃいますか。お退きください。お退きくださらねば、立ち向かいます」

「いたしかたあるまい」

「お互い、何の恨みつらみもない者同士が傷つけ合うのは、ばかげているとは思いませんか」

夏之介はなだめるように言う。こうしている間にも、軍兵衛は遠くに逃げて行く。

小弥太は焦りを覚えて、

「ひとりで我らふたりを相手にすることがいかに難しいか、教えて差し上げましょう。我らはふたりで攻撃をする修練をしております。単にふたりを相手にすることとは違います」

と、夏之介と目配せした。

「よし」

ふたりは大庭の左右に移動し、正眼に構えて徐々に間合いを詰めた。大庭は明らかに狼狽《ろうばい》した。

ふたりが一体となれば、どんな敵も恐れることはない。そう言い、夏右衛門はよくふたりが一体となって敵に当たる稽古をつけさせた。

おかげで今では、ふたりは阿吽《あうん》の呼吸で、敵と対峙《たいじ》出来る。

大庭が後退《あとじさ》った。

「軍兵衛を逃がした罪を償《つぐな》っていただきます。覚悟めされよ」

小弥太は八相に構えて右斜めから迫り、夏之介は左斜めから迫った。大庭の顔色が変わったのがわかった。

大庭はまた後退った。

背後から無傷の浪人が襲いかかろうとした。

「動くな」

小弥太は怒鳴った。

「怪我をしたくなければ手出しはおやめなさい」

浪人の動きが止まった。

改めて、大庭に目をやり、

「容赦はしません」

と、小弥太は叫ぶ。

「軍兵衛を逃がした。邪魔立てした恨みだ。覚悟」

夏之介も迫る。

「俺を斬ったら、今度は屋敷の者がおぬしらを狙う」

大庭が言い返す。

「面白い。天下の旗本と心中するのも一興。しかし、大庭さま。仇持ちを匿うことは御法度にございまする。その上で、我らに刃を向けることは御法度を破る所業。ことが大きくなれば、武藤伊織さまの御家に傷がつきましょう」

小弥太は脅した。

「………」

大庭から返事はない。

「夏之介さま。いかがいたしましょうか」

小弥太は夏之介の気持ちを慮《おもんぱか》ってきいた。

「我らの敵は軍兵衛。大庭どのではない。軍兵衛は逃げてしまった。これ以上、戦っても仕方ない」

「わかりました」

小弥太が答えると、夏之介は刀を引いた。

「我ら、きのう、奉行所に仇討ち願いを出しました。軍兵衛はまたお屋敷に戻ったでありましょう。これ以上、お屋敷で軍兵衛を匿われるなら、御番所に訴えます。その旨、お帰りになってお告げください。軍兵衛をどうするのか。明朝、改めて、お屋敷に大庭どのをお訪ねいたします」

夏之介は大庭に言ってから、

「小弥太。引き上げよう」

「はい」

小弥太は忌《い》ま忌《い》ましげに刀を鞘《さや》に納めた。

とうに中間は姿を消し、浪人たちもいなかった。

ふたりは来た道を引き返した。その後ろ姿を、大庭がじっと見送っていた。


翌朝、夏之介と小弥太は武藤伊織の屋敷にやってきた。きょうも晴れて、柔らかい朝の陽射しが門前に立ったふたりに注いでいる。

門番に、大庭という侍に会いたい旨を伝えた。

「聞いてはおらぬ」

門番は難色を示した。

「約束をしています。お取り次ぎを」

疑わしそうにこっちの顔を窺っていたが、

「しばらく、待て」

と、他の中間にあとを託して、自分で呼びに行った。

果たして、大庭が出て来るかどうか。出てきたとしても、軍兵衛を出すかどうか。

まだ、軍兵衛を匿うなら、このまま御番所に訴え出るつもりだ。

心配することなく、大庭が出てきた。

「向こうへ」

門から出て、大庭は難しい顔で先に立って屋敷から離れた。

小弥太は振り返った。長屋の窓から軍兵衛が見ているのではないかと思った。

大庭は御徒町の通りに出る前で立ち止まった。

「新谷どのの耳に入るとまずいのでな」

と、大庭はまず言い訳をした。

「軍兵衛はまだお屋敷にいるのですね」

夏之介がきく。

「いる。だが、今日にも屋敷から出て行ってもらうことになった。ただ、今朝早く発《た》とうとしたが、殿が引き止められた。下城してから、軍兵衛に話があるらしい。軍兵衛が屋敷を出て行くのは殿が帰って来られてからだ」

「殿様がいったい何のお話でしょうか」

小弥太が気になった。

「わからぬ。お気に入りの妾の兄だからな。妾に頼まれて、殿は軍兵衛を逃がそうとしているのであろう」

「大庭さまの今のお話、まことでしょうね」

小弥太は確かめる。

「信用してもらいたい」

大庭が真正面から顔を見て言う。

「わかりました。殿様のお帰りは？」

夏之介は話を先に進めた。

「四つ（午前十時）に登城し、八つ（午後二時）過ぎに下城される。屋敷にお戻りのあと、軍兵衛は殿に面会するから、屋敷を出るのは七つ（午後四時）過ぎになるであろう」

大庭の言葉をどこまで信じてよいのか、小弥太はわからない。

「して、軍兵衛はどこに行くのでありましょうか」

夏之介は大庭を信じているらしい。

「当屋敷に出入りをしている神田須田町《すだちょう》の『伊勢屋《いせや》』に身を寄せると聞いた」

「『伊勢屋』ですか」

夏之介が呟く。

「呉服屋だ。ただ、『伊勢屋』までは警護の者がつく。屋敷を出て、すぐに襲われたのでは殿の沽券《こけん》に関わるでな。だから、仕掛けるなら『伊勢屋』に移ったあとにしてもらいたい」

「仕掛けるなら？　それ以上は警護をしないのですね」

小弥太は聞き咎《とが》めた。

「そうだ。我らはあの者になんの義理立てもない」

大庭は吐き捨てるように言う。

「わかりました。お約束します」

夏之介は大庭の言葉を信用しているようだ。

「では」

大庭は屋敷に引き返した。

「私はまだ大庭さまを信用することが出来ません。念のために見張っていたほうがよくないでしょうか」

小弥太は屋敷を気にしながらきく。

「いや、大庭どのを信じよう」

夏之介がきっぱりと言う。

「でも、我らがここを離れた隙《すき》に出て行ったら」

「それでも行き先は『伊勢屋』だ」

「それさえも怪しくはありませんか」

小弥太はむきになって言う。

「そこまで疑うのか」

夏之介は顔をしかめた。

「でも」

「きのうのことでよくわかった」

「きのうのこと？」

「小弥太が浪人者を相手にしているとき、私は軍兵衛と大庭どののふたりと対峙した。あのときの大庭どのは本気で私を襲って来なかった」

「…………」

「大庭どのは軍兵衛のことをよく思っていない」

夏之介は言い切った。

小弥太も思いだした。そう言われてみれば、武藤伊織の命で、仕方なく、軍兵衛を守っていただけで、心から引き受けていたわけではなかったようだ。

「そうかもしれませんが……」

それでも全面的に信じていいかどうか。

「ここはいったん引き上げよう」

夏之介の言葉にこれ以上逆らうわけにはいかない。

「わかりました」

小弥太はそれでも心配だったが、仮にたばかられたのだとしても、軍兵衛は江戸にいるのだ。必ず、見つけ出せる。小弥太はそう自分に言い聞かせた。

夏之介は簡単にひとを信用してしまう。ひとがいいのだ。そこが夏之介のいいところでもあり、欠点でもあった。

だが、小弥太はそんな夏之介が好きだった。

馬喰町の旅籠に帰るために、和泉橋を渡った。

「夏之介さま。私はどうしても腑に落ちないことがございます」

橋の下を通って行く川船を見ながら、小弥太が切り出した。

「なんだ？」

「きのう、どうして、軍兵衛は我らが見張っていることに気づいたのでしょうか」

「見られていたのだ」

夏之介が憤然と言う。

「武藤さまのお屋敷の長屋からですか」

「そうとしか考えられない」

「まさか、ずっと軍兵衛は通りを見ていたわけではありますまい。たまたま、窓の外を見ていたら我らが通ったということでしょうか」

「そうだ。こっちにしたら、運が悪かったとしかいいようがない」

「…………」

小弥太は首をひねった。

屋敷の前を通るとき、軍兵衛に見られているかもしれないことを用心して、不審な態度をとらないように気をつけた。

仮に通りを眺めていたとしても、軍兵衛は我らに気づいただろうか。そのことを

夏之介に言うと、

「我らが追って来ることを、当然予期していたはずだ」

と、あっさり答えが返ってきた。

確かに予期していただろうが……。

小弥太は腑に落ちないまま、旅籠に戻った。まだ昼前だ。

部屋に入ってから、

「小弥太。きょうは軍兵衛が『伊勢屋』に入るのを見届けるだけだ。いいな」

と、夏之介は念を押した。

「警護の侍がいなくてもですか」

「そうだ」

大庭との約束を果たそうとしている。ひとがよすぎないかと思ったが、そこが夏之介のよさなのだと自分に言い聞かせた。

女中が昼餉に握り飯とたくわんを持ってきた。

「すまない」

小弥太は受け取ってから、

「神田須田町の『伊勢屋』という呉服屋を知っていますか」

と、女中にきいた。

「ええ、まあ」

女中は曖昧《あいまい》に言い、部屋を出て行った。

「なんだか喋《しゃべ》りたがらなかったようですね。『伊勢屋』に何かあるのでしょうか」

「何があると言うのだ？」

握り飯に手を伸ばして、夏之介がきく。

「さあ、そこまではわかりませんが。女中の態度が気になったので」

「急いでいただけだろう」

夏之介は意に介さなかった。

飯を食い終え、小弥太は厠《かわや》に小用を足しに行った。厠は梯子段を下り、裏庭に面した廊下の突き当たりにある。

厠の小窓から桜の樹が見えた。今にも開花しそうだ。桜の花が開くまでに本懐を遂げられるだろうか。

そう思いながら、桜から目を転じたとき、若い男が立っているのに気づいた。どこかで見たことがあるようだが、すぐに思いだせない。誰かと話しているらしく、頷《うなず》いたり、口を動かしたりしている。

知っている人間に似ているのだろうか。いや、そうではない。どこかで見かけたのだ。どこで……。首をひねりながら、厠を出て、廊下を伝い、話し相手が見える場所に移動した。

相手は宿の亭主だった。ふたりとも真剣な表情だ。

その瞬間、あっと声を上げそうになった。一昨日、武藤伊織の屋敷を見張っているとき、商家の手代ふうの若い男がやってきて屋敷に入って行った。そのときの男に似ているのだ。いや、同じ男だ。

なぜ、武藤伊織の屋敷に……。

小弥太は部屋に戻った。

「夏之介さま。今、若い男が宿の亭主と話し込んでいました。一昨日、武藤伊織の屋敷に入って行った男です」

「なんだって」

「亭主は武藤伊織を知らないと言っておきながら、若い男を屋敷に送り込みました」

　小弥太は憤慨して言う。

「亭主が我らのことを向こうに知らせたと言うのか」

「そう考えて間違いないと思います。だから、軍兵衛は浪人を雇い、我らを誘き出したのです」

「うむ」

　と、夏之介は唸《うな》った。

「行ってきます」

　小弥太は立ち上がった。

「どこへ？」

　夏之介があわててきく。

「腹の虫が治まりません」

「無茶するな」

「だいじょうぶです」

　夏之介は無理に引き止めようとはしなかった。

階下に下り、小弥太は帳場に顔を出す。

「何か?」

でっぷり肥《ふと》った女将《おかみ》が不審そうに見る。

「至急、ご亭主に部屋にきてもらいたい」

小弥太は怒りを抑えて言う。

「どんな御用でしょう」

「きてもらえばわかる。よいな、至急だ」

「わかりました」

女将の返事を聞いて、小弥太は梯子段を上がった。

部屋で待っていると、廊下から亭主の声がした。

「お呼びでございましょうか」

「入ってもらおう」

小弥太は荒い口調で言う。

「何か」

亭主は何かを察したかのようにおずおずと入ってきた。

「きのう新谷軍兵衛の謀《はかりごと》で、危うい目に遭った。我らを待ち受けていたのだ」

小弥太が亭主の目を睨《ね》めつけた。

「それはそれは」

大仰に、亭主は言う。

「じつは、我らのことを軍兵衛に教えた者がいたのだ。若い男だ。ご亭主はその男を知らないか」

「私が知っているはずがありません」

顔の前で、亭主は手を横に振った。

「では、今、庭で話していた男は誰だ」

小弥太は片膝を立ててきく。

「えっ？」

亭主の顔色が変わった。

小弥太は刀を抜き、亭主の首に刃を当てた。

ひぇッと、亭主は腰を抜かした。

「さっきそなたが話していた若い男が、武藤伊織さまの屋敷に我らのことを告げに行ったのだ。それでもしらを切るか」

「………」

亭主は口をわななかせた。

「そなたは我らを軍兵衛に売った。そなたが我らを殺そうとしたも同然」

小弥太はわざと大声を出した。

「お許しを」

いきなり、亭主は這《は》いつくばった。

「許せだと？　一歩間違えば、我らふたりは命を落としていた。それなのに、許せというのか。そんな虫のいい話があるか」

「小弥太。もうよい」

夏之介が止めた。

「でも、この亭主はまだ何かを企んでいるかもしれませんよ」

「とんでもない。そのようなことは決して」

亭主は懸命に訴えた。

「小弥太」

夏之介がもう一度言う。

「はい」

小弥太は刀を引いた。

亭主はほっとしたようにため息をついた。

「ご亭主」

夏之介は声をかけ、

「武藤伊織さまとはどのような関係だ？」

と、穏やかな声できいた。

「はい。私の弟が……」

亭主は言いよどんだ。

「弟がなんだ？」

小弥太が問い詰める。

「まあまあ」

夏之介がなだめる。

小弥太にちらっと目をやってから、

「はい。神田須田町にある『伊勢屋』の主人でして……」

　と、亭主は答えた。

「なに、『伊勢屋』だと」

　夏之介が呆れたような顔で亭主に話の続きを促《うなが》した。

「はい。婿養子に入り、今は先代の跡を継いでおります。さっきの若い男は『伊勢屋』の手代です」

「軍兵衛がきょう『伊勢屋』に移ることをきいているか」

　小弥太は身を乗り出してきく。

「はい。さっきの手代がそう申していました」

「ご亭主」

　夏之介が亭主に近づき、

「今度は我らに力を貸してもらいたい」

　と、頼んだ。

「えっ、何を？」

　亭主は怯《おび》えたようにきく。

「なに、難しいことではない。『伊勢屋』に移ったあとの軍兵衛の様子を教えてくれればよいのだ」

夏之介はやさしく言う。

「わかりました。お約束いたします」

亭主は頭を下げた。本心から答えたのかどうかわからないが、今後、この亭主は役に立つと思った。

亭主が部屋を出たあと、夏之介と小弥太は外出の支度をした。

それから半刻後には、武藤伊織の屋敷を見通せる場所にやってきた。藤堂和泉守の上屋敷の裏にある樹の陰から門を見る。

四半刻後に、乗物がやってきた。武藤伊織が下城してきたのだ。

それから一刻後、軍兵衛が出てきた。やはり、三人の侍が警護についていた。その中のひとりが大庭だった。これでは夏之介に言われるまでもなく、仕掛けることは出来なかった。だが、『伊勢屋』に移れば武藤伊織の家来の援助はなくなるはずだ。

『伊勢屋』に移したあとが勝負だ。今は軍兵衛が確かに『伊勢屋』に入るかどうかを確かめるのだ。

　軍兵衛は御徒町から和泉橋を渡り、柳原通りに入る。西陽が正面から射して眩しい。

　須田町にやってきた。夕暮れどきですれ違う者もあわただしそうだ。鼻緒問屋の前を過ぎて、漆喰の土蔵作りの店の屋根に伊勢屋という看板が見えてきた。

　軍兵衛の一行は『伊勢屋』に入って行った。

「大庭さまの言うとおりでした」

　小弥太は疑ったことを詫《わ》びるように言う。

「うむ」

　夏之介は頷いただけだった。

　やがて、大庭ら三人が出てきて、来た道を引き返した。我らに気づいていたのか、途中で大庭がこっちに顔を向けた。

「これで、武藤伊織さまとは関わりがなくなりましたね」

　小弥太はほっとして言う。武藤伊織もこれ以上かばうことは難しくなり、軍兵衛を放逐してかえって厄介払いが出来たと思っているはず。

「今夜こそ」

小弥太はいきり立った。

「しかし、『伊勢屋』に押しかけるわけにはいかない。店の者に迷惑がかかる」

「もちろんだ」

「出て来るかもしれません。待ちましょう」

だが、夜が更けても、軍兵衛が出て来る気配はなかった。

「出てきそうもありません」

小弥太は落胆して言う。

「しかたない。勝負は明日だ」

夏之介は深呼吸をしてから言った。

翌朝、朝餉をとり終えると、急いで宿を出て須田町に出かけた。

仕事場に行く職人や棒手振《ぼてふ》りの姿が目につく。町医者が供を連れて歩いているのは往診か。

『伊勢屋』にやってきた。小僧が店の前を掃除している。夏之介と小弥太は斜交《はすか》いにある炭屋の脇の路地から見張りを続けた。

小弥太は昂ってくる気持ちを抑えかねた。

「出てきませんね」

なかなか軍兵衛は出て来ない。用心しているのかもしれない。

昼近くになり、胸騒ぎがした。

「ちょっと気になります。『伊勢屋』できいてきましょうか」

小弥太は焦りを覚えてきた。

「とぼけられるだけではないのか」

夏之介も不安そうに言う。

「宿の亭主に調べてもらいましょう。ちょっと行ってきます」

小弥太は夏之介を残し、馬喰町に走った。

宿に駆け込み、帳場にいた亭主に、

「ご亭主、頼みがある。『伊勢屋』に行き、軍兵衛の様子を聞き出してもらいたい」

と、いっきに言う。

「は、はい」

小弥太の血相に、亭主は重たい腰を上げた。

亭主といっしょに、『伊勢屋』の前に戻った。

「ご亭主。すまないが、頼む」

夏之介は縋《すが》るように言う。

「畏《かしこ》まりました」

亭主は『伊勢屋』の家族のための出入口に向かった。

しばらくして、亭主が出てきた。小走りに近付いて、

「新谷軍兵衛さまは今朝早く出て行ったそうです」

と、亭主は知らせた。

「出かけたというのか」

「いえ、『伊勢屋』から去ったということです」

「そんなばかな」

小弥太は立ちくらみをしたように目の前が一瞬暗くなった。動揺からすぐに立ち直れなかった。

「『伊勢屋』の主人に会わせてくれ」

夏之介は亭主に頼んだ。

「わかりました。どうぞ」

亭主は夏之介と小弥太を『伊勢屋』に引き入れた。

土間で待つように言い、亭主は勝手に上がって奥に向かった。

「大庭さまが我らをたばかったのでしょうか」

小弥太は腹立ち紛れに言う。

「いや、大庭どのはそんなお方ではない」

でも、現に軍兵衛は『伊勢屋』を出て行ったではありませんか。そう言おうとしたとき、亭主に似た顔の男がやってきた。

「伊勢屋か。新谷軍兵衛が早朝に旅立ったというのはほんとうか」

夏之介が伊勢屋を問いつめるようにきく。

「はい。最初から一晩のお約束でございました。今朝明け方前に、旅装でここを出ました」

伊勢屋が答える。

「旅装？」

「はい。江戸を離れるようでした」

「どこへ行ったかわかるか」

夏之介がきく。

「中山道を行くと言ってましたが、どこへ向かうかまではわかりません」

「中山道？」

半日経っている。とうに板橋宿《いたばしじゅく》を過ぎ、上尾《あげお》辺りか。しかし、中山道を行くと言ったのはほんとうだろうか。

「伊勢屋さん。軍兵衛は自ら中山道を行くと言ったのですか。それとも、伊勢屋さんが訊ねたからですか」

小弥太は確かめた。

「いえ、ご自分から仰《おつしや》いました。ゆうべと、今朝女中から握り飯を受け取ったとき、これを食べるのは中山道のどの辺りになるかと」

主人は思いだして言う。

「あい、わかった。失礼した」

挨拶をし、夏之介と小弥太は土間を出た。

「すぐに追いかけよう」

夏之介は興奮して言う。

「待ってください。わざわざ自分の行き先を『伊勢屋』の主人に話したのは妙ではありませんか。我らが追っていることを知っているのですから、行き先を知らせるのはわざとらしくありませんか。これは、軍兵衛の策略ではないでしょうか」

「策略？」

夏之介がはっとした顔をした。

「それに、軍兵衛には江戸以外、行く場所はないはずです」

「そうだな。旅に出たと装い、じつは江戸にいるとも考えられる」

夏之介は落ち着きを取り戻した。

「はい。のこのこ中山道を行ったら、軍兵衛の思う壺《つぼ》。狡知《こうち》に長《た》けた軍兵衛です。ただ、逃げ出したりはしません」

「よし、大庭どのに調べてもらおう」

夏之介が思いついて言う。

「大庭さまに？」

「そうだ。何か知っているかもしれない」

「しかし」

「おまえは信用していないようだが、私は信じられると思っている」

夏之介はきっぱりと言い、

「それに、今頼れるのは大庭どのだけだ」

「わかりました。行ってみましょう」

夏之介の思いに賭けるしかないと、小弥太は思った。

須田町から柳原通りを突っ切って土手に上がり和泉橋を渡った。

武藤伊織の屋敷に着く。まさか、軍兵衛はもう一度この屋敷に戻っているのではないかと思ったが、もはや仇持ちを匿うことはあるまい。そう思い、小弥太は門に向かった。

いつもの門番が厳めしい顔で立っている。

「大庭さまにお目通りを願いたいのですが」

小弥太は申し入れる。

「待っておれ」

今度は素直に聞き入れた。

すぐに、大庭が出てきた。

「どうした?」

大庭は不思議そうな顔をした。

「新谷軍兵衛は今朝早く、『伊勢屋』を出たそうです。はじめから、その考えだったように思えます」

夏之介が答える。

「『伊勢屋』を出た?」

大庭も知らなかったようだ。

「はい、中山道を行くと話していたようです。しかし、軍兵衛の策略と思われます。他に軍兵衛が身を寄せるところがあるかどうか、おわかりになりませんか」

「いや、わからぬ」

大庭は首を振った。

「だが、江戸にはそんな場所はないはずだ。昔、通っていた剣術道場はとうになくなっている。それより、我が殿も、側室の兄だから匿われたが、本音を言えば迷惑な話なのだ。最初から、江戸から追い払おうとしておられたのかもしれぬ。御用人にきいてみる。半刻後に和泉橋まで行く。そこで待て」

「はい。ありがとうございます」

夏之介は礼を言い、屋敷から離れた。

藤堂和泉守の上屋敷をまわり、神田川にかかる和泉橋までやってきた。そろそろ、桜が咲く頃だ。

隅田堤《すみだづつみ》は何年か前に桜が植えられて、花見客で賑わうと、宿の女中が話していた。

国元の春は遅いが、春になれば城下の梓川《あずさがわ》のほとりも桜が咲き乱れる。矢萩家の庭にも桜の樹があり、その樹の下で、夏右衛門から剣術を指南してもらった。

何度弾き返されても、小弥太は木剣を持って夏右衛門に向かって行った。

「小弥太。そなたには剣の才がある。このまま、剣の道を励め。いつか、剣で身をたてられるようにしてやろう」

稽古を終えると、夏右衛門が言った。

「いえ旦那さま、私は、夏之介さまに一生お仕えします」

小弥太は夏右衛門の恩を終生忘れまいと誓い、その恩に報いることこそ自分の務めと思っている。

「小弥太。志を高く持て。わしはそなたを夏之介と同じ我が息子と思っている。そなたを一人前の侍にすることは親の務めだ」

そう言って笑った夏右衛門の顔が瞼《まぶた》に焼きついている。

そんな夏右衛門を卑怯にも不意打ちをして殺した新谷軍兵衛を、決して許すことは出来ない。必ず、仇を討つ。

「小弥太」

夏之介が呼びかけた。

「去年の花見を覚えているか」

「ええ、梓川のほとりでの花見ですね」

「ああ、父上も母上も楽しそうだった」

「はい。私も楽しゅうございました。花江《はなえ》さまもごいっしょでした。あんなことがなければ、今年も花見を……」

小弥太は言葉を詰まらせた。花江は馬廻り役の園田嘉兵衛《そのだかへえ》の娘で、夏之介の許嫁《いいなずけ》だ。家中一の美人と誉れの高い花江と夏之介は似合いの夫婦になると、夏右衛門も喜んでいた。

改めて、軍兵衛に対して怒りが込み上げてきた。

「必ず、旦那さまの仇を討ちます」

小弥太は拳《こぶし》を握りしめた。

ゆっくり陽が傾いてきた。自分の影が射すほうから侍が走って来るのがわかった。大庭だ。

夏之介と小弥太は数歩前に出て、大庭を迎えた。

立ち止まった大庭は夏之介と小弥太の顔を交互に見て、

「よく聞け」

「軍兵衛は西に向かった」

「西へ？」

「おそらく、知行所《ちぎょうしょ》の富永《とみなが》村ではないかと思う。京と大坂の中間にある」

旗本には蔵米取《くらまいとり》と知行取、それに扶持米取がいる。蔵米取は切米取《きりまいとり》ともいわれ、幕府の蔵米を直接支給され、札差《ふださし》を通して金に換える。

知行取は大名のように領地をあてがわれ、そこで収穫された中から年貢として受け取る。武藤伊織は知行取で、その領地が大坂辺りにあるようだった。

「ときたま、家老か用人が知行所を訪れるが、普段は代官代わりに置いている侍が取り仕切っている。その侍は睦麒《むつき》一郎《いちろう》という剣客だ。三十半ば。どうやら、殿は軍兵衛に、睦麒一郎を頼るよう命じたらしい」

「睦麒一郎？」

「柳生《やぎゅう》の出身で、相当に剣が立つ。柳生新陰流《しんかげりゅう》の達人だ。柳生の里でも五本の指に入るほどの剣客だと聞いた」

「柳生新陰流……」

小弥太は武者震いをした。

「わかりました。知行所は京の先なのですね」

夏之介が厳しい顔できく。

「そうだ。睦麒一郎の周辺には腕の立つ侍がたくさん集まっているそうだ。そこに辿《たど》り着かれたら、討つのは難しくなる。そこに行くまでに軍兵衛を倒すのだ」

大庭は激しい口調で言った。

「しかし、先に江戸を発ってしまった。追いつけるかどうか……」

夏之介が悔しそうに言う。

「いや、軍兵衛は女好きだ。屋敷にいる数日間、吉原に通い詰めだった。先日も、そなたらから逃げたあと、吉原に行ったようだ。奴の欠点はそこだ。道中、女なしではいられまい。それで時間を食う」

「そうですね」

夏之介は生気を漲《みなぎ》らせた。

「いろいろ、ありがとうございました」

小弥太はこれまでの非礼を詫びるように深々と頭を下げた。

「無事、本懐を遂げられることを祈っておる」

そう言い、大庭は去って行った。

「小弥太。すぐに出立だ。これからでは品川宿《しながわじゅく》までしか行けないだろうが、少しでも軍兵衛に近付きたい」

「わかりました」

馬喰町の旅籠『井筒屋』に戻り、急いで荷物をまとめ、宿賃を支払って、ふたりはあわただしく出立した。

四

日本橋を渡るふたりの横顔に西陽が射している。

夏之介は野羽織に野袴。草鞋履きであり、小弥太も同じような格好で、手行李《こうり》をふたつ、振り分けにして肩に担《かつ》いだ。

日本橋を起点に、神田のほうが中山道、京橋のほうが東海道である。通りと称する道を早足で行く。

京橋から芝口橋《しばぐちばし》を渡る。薄暗くなって空に大きな伽藍《がらん》が見えてきた。

「あれは？」

夏之介がきく。

「芝の増上寺《ぞうじょうじ》です」

小弥太は途中の絵草紙屋で買い求めた道中記を広げていた。

その広大さに驚かざるを得なかった。だが、物見遊山《ものみゆさん》の旅ではない。歩調を変えずに先を急いだ。

商家の並ぶ町中を過ぎて、高輪《たかなわ》の大木戸の石垣が見えてくる。急に左手に海が開けた。道が波打ち際を通っていた。

その海は闇に包まれようとしていたが、その先に華やかな明かりが輝いていた。品川宿だ。

ふたりは海岸に沿って、やがて宿場に入った。

「なんと賑やかな宿場だ」

夏之介が口をあんぐりあけた。

小弥太も圧倒された。

『相模楼《さがみろう》』という大きな遊廓《ゆうかく》の前を通り、各旅籠の客引きを振り払いながら、ふたりは静かな旅籠を求めてさらに宿場の奥に行く。

居並ぶ料理茶屋や旅籠に飯盛女《めしもりおんな》がいた。飯盛女は一軒にふたりまでと決められていたが、東海道を行く旅人だけでなく、近在の若者や江戸府内からも男が遊びに来る。決まりどおりでは女の数が圧倒的に足りない。したがって、隠れて女をたくさん抱えていた。

それが目に余って、享保三年（一七一八）に、一軒にふたり以上は罷《まか》りならぬというお触れが改めて出された。

だが、この賑わいを見ると、隠し遊女がたくさんいるようだ。

軍兵衛は朝早く出立したのであり、まさかここで遊んで行くようなことはあるまい。今夜は戸塚宿《とつかじゅく》まで行っているのではないか。

ふたりは『朝日屋《あさひや》』という小さな旅籠に入った。

翌朝、ふたりは六つ半（午前七時）には旅籠を出た。

『朝日屋』にも飯盛女がいて、夜遅くまで客が騒いでいた。小弥太は悶々《もんもん》としてなかなか寝つけなかった。

「小弥太、遊びたかったのではないか」

夏之介が冗談混じりに言う。

「とんでもない。私は遊びにきているのではありません」

「そんなにむきになるな」

夏之介は苦笑した。

小弥太ははっとした。心の奥を見透かされたような気がして忸怩《じくじ》たる思いがした。男と女の乱れた姿が浮かんでなかなか寝つけなかった。いっときでも、そんなことに心を乱したことが恥ずかしく、夏右衛門に申し訳ないと思った。

「どうした、小弥太。そんな深刻な顔をして」

夏之介が不審そうにきいた。

「いえ。ちょっと旦那さまのことを思いだして」

夏之介から返事はなく、悲しげな表情になった。

その後はふたりとも口をきくことはなく、黙々と歩いた。

川に出た。立会川《たちあいがわ》にかかる橋を渡る。

晴れて、青空が広がっていた。春らしい暖かい陽気だったが、木立の多い場所に差しかかり、少し風が冷たく感じられ、肌寒くなった。陰気な雰囲気のせいだ。

「鈴《すず》ケ森《もり》だ。仕置き場よ」

前方からやってきた町人の旅人が連れの男に話しながら通る。

「この先の橋が泪橋《なみだばし》だ」

刑場に送られる罪人を見送ってきた親しい者が、そこで涙とともに別れを告げるところだ。

旅人は泪橋に向かって行った。

道端から見える獄門台にさらし首はなかった。ほっとしながら、小弥太はその脇を通り抜けた。

その頃から、小弥太は後ろからついて来る菅笠《すげがさ》の男が気になっていた。半合羽《はんがつぱ》に道中差し。股引《ももひ》きに脚絆《きやはん》。着物の裾を端折《はしよ》っている。小弥太たちはかなり早足だが、後ろの男も同じようについてきた。

「気になるか」

夏之介が口にした。

「ええ。同じ調子でついてきます」

「確かめてみるか」

大森《おおもり》村に入る手前で、夏之介は街道を離れ、草むらに入った。小便をするのを装った。小弥太は立ち止まって待つ。

菅笠の男が俯《うつむ》き加減に足早に近付いてきた。

「お先に」

男は小弥太に挨拶をして通りすぎて行った。

男の後ろ姿を見送っていると、夏之介が戻ってきた。

「どんな感じだ？」

「三十過ぎと思える柔和な顔ですが、油断は禁物です。足の配りはただの町人とも思えませんから」

「しかし、こっちを追い抜いて行ったのだ」

「ただ、この先、六郷川《ろくごうがわ》に出ます。そこから渡し船に乗らなければならないので、またいっしょになるかもしれません」

道中記を思いだして、小弥太が言う。

「橋はかかっていないのか」

「はい。元禄の頃まで橋がかかっていたそうですが、今は船で渡るそうです」

「それを見越して追い抜いて行ったというのか」

「さあ、そこまではわかりませんが」

軍兵衛はこっちが追って来ることを、当然考えているだろう。そのために備え、いろいろなことを仕掛けてくるかもしれない。

「ともかく、先を急ごう」

「はい」

再び、街道を行く。

やがて、六郷川に差しかかった。

渡船場に行くと、船はまだ着いていない。

葦簀《よしず》張りの茶店に、旅装の武士や年配の男女、商人、それに三味線を抱えた女芸人の一行が休んでいた。

「夏之介さま、あそこ」

小弥太が小声で囁《ささや》く。

「やっ、あの男だな。やはり、ここでいっしょになったか」

さっき追い抜いて行った男は河原で悠然と煙草《たばこ》を吸っていた。その何ごとにも動じない姿には只者《ただもの》ではない風格があった。

「やはり、気をつけたほうがいいですね」

軍兵衛に手を貸すものかもしれない。

船がやってきた。川崎宿《かわさきじゆく》からの乗船客が下り、代わりに茶店から出てきた者たちが船に乗り込む。

旅装の武士や年配の男女、それに女芸人一行三人が乗り込み、そのあとから夏之介と小弥太も乗った。

最後に、道中差しの男が乗り込んだ。男は川に目を向けているが、実際はこっちを気にしているのかもしれない。

船頭が竿《さお》を使って船を出した。軍兵衛はきのうの今時分、この船に乗り込んだのであろう。

対岸に着いて、客が下りる。

夏之介と小弥太も陸に上がった。船から下りた旅人が、川崎宿へと続く道をぞろぞろと行く。

年配の男女は川崎大師への道に向かった。

夏之介と小弥太は先を急いだ。相変わらず、怪しげな半合羽の男が後ろからついて来る。ふたりは神奈川宿《かながわじゅく》を素通りした。

第二章　直訴

一

程ケ谷《ほどがや》を過ぎ、峻険《しゅんけん》な権太坂《ごんたざか》を上る。松並木の間から西陽が射してきた。早朝に品川宿《しながわじゅく》を経ち、陽の明るいうちに戸塚宿《とつかじゅく》に着きそうだ。

境木《さかいぎ》という武蔵《むさし》と相模《さがみ》の国境に地蔵堂が建っている。その地蔵堂の前で、例の不審な町人が煙草《たばこ》をくゆらせていた。

姿が見えないと思っていたら、いつの間にか先回りをしていたようだ。神奈川宿《かながわじゅく》で三人の浪人を追い越した覚えはあるが、その男には気づかなかった。昼飯を食べている間に、先に行ったものと思える。

男を無視して先を急ぐ。まだ陽が高く、この先の戸塚宿を素通りし、藤沢《ふじさわ》か平塚宿《ひらつかじゅく》までは今日中に行けそうだった。

「どういたしましょうか」

先に行くかどうかを、小弥太《こやた》はきいた。

「おそらく、きのう軍兵衛《ぐんべえ》は、戸塚宿に泊まったのではないかと思われます」

日本橋から約十里（約三十九キロ）。日本橋を早朝に発《た》てば、最初の泊まりは戸塚だ。

「そうか。なるたけ、軍兵衛の近くに行きたい。先を急ごう」

「わかりました」

「きょうは軍兵衛はどこまで行っているか」

夏之介《なつのすけ》がきいた。

「戸塚から小田原《おだわら》まで十里ですから、おそらく今夜は小田原泊まりだろうと思います。そして、明日は箱根《はこね》を越えるでしょう」

「明日、箱根を越えるか。よし、急ごう」

夏之介が厳しい表情で言う。

「もし、お侍さま」

背後から声がした。

「お待ちなすって」

その声が大きくなった。すぐ背後に近付いた。

小弥太は歩調を緩《ゆる》めずに顔を横に向けた。例の不審な町人だ。

「なんだ？　先を急いでいる」

「お侍さまは戸塚に泊まらないんですかえ」

男が並んできく。

「泊まらない」

小弥太が答える。

「どうしてですかえ。先を急ぐ理由でも？」

「そなたには関係ないことだ。用があるなら早く言ってくれ」

小弥太は警戒して言う。

「失礼でございますが、矢萩《やはぎ》夏之介さまではございませんか」

「なに」

小弥太は立ち止まった。

「なぜ、名を知っているのだ」

「へえ、あとで事情をお話しします。じつは戸塚宿に浪人者が向かっているんです」

「それがどうした？」

小弥太は相手を睨《にら》みつけた。

「へえ、ちょっと落ち着いて聞いていただきたいんですが」

「まず、なぜ、名を知っていたのかから言え」

小弥太が男に迫った。

「話に順があります」

「順だと？」

夏之介が男に向かった。

「へえ。お侍さん方、神奈川宿を通ったとき、浪人の三人連れを見ませんでしたか」

「そう言えば……」

夏之介が眉根《まゆね》を寄せ、小弥太に目をくれた。

「ええ。確か、三人の浪人を追い越しました」

小弥太は答える。

「その浪人がどうかしたのか」

街道には旅人が行き交い、駕籠《かご》も通る。

「その浪人は、江戸の古川文左衛門《ふるかわぶんざえもん》という旗本の命を受けて戸塚宿に向かうところです」

「女の話をしていたのが耳に入った」

小弥太は思いだして言う。追い越すとき、にやつきながら飯盛女の話をしていたのが聞こえた。

「戸塚宿の有名な大楼に遊びに行くつもりなのでしょう」

「大楼？」

「飯盛旅籠《めしもりはたご》の大見世ですよ。俚謡《りよう》にも唄われている四軒の大楼は、女も上玉だっていう話です。もっとも、江戸の女と比べたら可哀そうですが、旅人の慰めには上等だそうです」

「そんな話を聞いているのではない」

夏之介が眉をひそめる。

「すいません、つい調子に乗りました。浪人たちはそこに行くのは単なる遊びで、実際の目的は別にあるんですよ」

「だから、なんだ？」

小弥太はいらだって急《せ》かす。

「ここはひとが通り、落ち着きません。ちょっと向こうへ」

男は平然と言う。

「待て。その前にそなたは何者なのだ、名乗ってもらおう」

小弥太は迫った。

「七三郎《しちさぶろう》って者です。京に、小間物の仕入れに行くところでして」

「商人には見えないが」

小弥太が冷たく言う。

「そうですか」

七三郎は苦笑して、

「この先まで御足労願えませんか。詳しい話はそこで」

と、先に立った。

「どうしますか」

小弥太は夏之介に小声できく。

「話だけでも聞いてみよう。私の名を知っていた。ひょっとしたら、軍兵衛の仲間かもしれない」

「そうですね。軍兵衛の仲間ならもっけの幸い。居場所をきき出してやります」

小弥太は意気込んだ。

「ただ、そうだとすると、浪人たちも軍兵衛を守るために雇われた連中かもしれない。軍兵衛が食いっぱぐれの浪人たちを集めてきたのでは……」

「みな一癖も二癖もありそうな連中でした」

小弥太は浪人たちの顔を思い浮かべる。

「そうだとしたら、軍兵衛はまだ戸塚宿にいるかもしれぬ。それに、そんなにいい女がいる大楼なら、軍兵衛はもう一泊しようと思うかもしれない。女好きだからな」

「そうですね。いずれにしろ、軍兵衛が近くにいそうです」

やがて橋が見えてきた。吉田橋で、橋の左側に「左　かまくら道」と書かれた道標があり、その脇に常夜灯が立っている。

　横にある茶店で旅人が団子を食べている。

　七三郎が向かったのは茶店の裏手だ。街道からは姿が隠れる。

「ここなら、あとから来る浪人たちに見つかりません」

「もったいぶらずに早く言うのだ」

　夏之介が急かした。

「じつは、さっきの地蔵堂の前で、若い女が誰かを待っていました。深刻そうな顔だったんで、つい声をかけました。どうしたんですかえとね」

　七三郎はいったん声を切ってから続けた。

「娘はお染《そめ》と言いました。阿久津《あくつ》村の百姓の娘です。阿久津村というのは戸塚宿の東にある村だそうで。阿久津村では、領主の圧政に百姓が苦しんでいるってことです」

　阿久津村の領主とは、さっき話に出た古川文左衛門という旗本で、文左衛門は阿久津村の名主を郷代官にし、村の主だった者を村役人にして、年貢の取り立てを行っていた。

だが、年貢が高く、このままでは百姓は生きていけないと、村人は何度も名主や村役人にかけあった。名主は郷代官という立場からか領主の文左衛門に味方をして、百姓の訴えに耳を傾けようとしなかった。

たまりかねた村人の主だった者ふたりがお救いの願い書を携え、江戸の古川文左衛門のもとに出向こうとしたが、途中で捕まってしまった。

別の村人が捕まったふたりを引き渡してくれるように頼んだが、重罪人により解き放つことは出来ないという答えだった。

「古川文左衛門は村人の不穏な動きを警戒して、代官所手代の名目でさきに浪人をひとり送り込んだそうです。さらに、三人の浪人を遣わすことになった。もちろん、その浪人たちの手当や飯代、路銀などは百姓たちの年貢に上乗せして受け取るということです」

「なんと」

夏之介は啞然《あぜん》として、

「さらなる村人の締めつけのために新たな浪人を送り込むというのか」

「そうです。というのも、村人が武器を持って陣屋を襲撃するかもしれないと警戒していらしいのです。神奈川宿で見た浪人たちは、阿久津村の郷代官の陣屋に赴くところです。あっしは、奴らが陣屋の話をしたのを小耳にはさんだんです。そんなときは、もちろん何もわかりませんでしたが、地蔵堂の前でお染という娘と会って話を聞き、驚いたってわけです」

「待て」

小弥太は口を入れた。

「いろいろ話しているが、肝心の話をしていないではないか。なぜ、そなたは、我らの名前を知っていたのだ」

「それはお染から聞きました」

七三郎は改まって言う。

「お染から？」

「こんなところで何を待っているのか問うたところ、矢萩夏之介さまとお連れさまを待っていると言ったのです」

「…………」

小弥太は夏之介と顔を見合わせた。まったく、事情がわからない。

「お染はきのうから腕の立つ侍を待ち構えていたそうです。郷代官が浪人者を雇うなら、こっちも腕の立つお侍を雇おうということが村人の間で決まり、そのお侍を見つけようと、地蔵堂の前で待っていたのです」

「きのうから？」

小弥太は脳裏に軍兵衛の顔が過《よぎ》った。

「きのうの今時分、ひとりの侍が通りかかり、お染は声をかけたそうです。村人のために力を貸してくれないかと頼んだところ、拙者は先を急ぐ。だが、明日、矢萩夏之介と連れの者が通るはず。その者に頼んでみよと仰《おつしや》ったと……」

「軍兵衛だ」

夏之介が唸《うな》った。

「それで、きょう改めて地蔵堂の前で待っていたということです。わけを聞き、あっしが矢萩夏之介さまにお話をしておきましょうと約束した。そういう次第です。どうか、お聞き入れくださいませんか」

「夏之介さま」

夏之介があっさり引き受けかねないので、小弥太はあわてて声をかけた。

夏之介は小弥太を睨みつけただけで何も言わなかった。

「申し訳ないが、我らは故あって先を急ぐ身。他の者を当たっていただきたい」

小弥太は突っぱねるように言う。

「お引き受け願えませんかえ」

七三郎が頭を下げる。

「小弥太」

「いけません。こんなところで時間を潰したら、軍兵衛の思う壺《つぼ》。今からなら、まだ平塚宿まで辿《たど》り着けます。さあ、行きましょう」

「もし」

七三郎が引き止めた。

「ひょっとして、あっしの話だけでは信じられないのではありませんか」

「そうだ。こっちはそなたのことは何も知らないのだ。信じろと言うほうが無理だ」

小弥太ははっきり言う。

お染という娘がほんとうにいるのかどうかもわからない。七三郎は軍兵衛の仲間ということも考えられる。時間稼ぎをし、この間にも先を急ごうとしている。そういう魂胆ではないのか。

「もし真実なら、引き受けてくださいますか」

「いや、たとえ真実だとしても……」

「小弥太」

夏之介が遮《さえぎ》った。

「あい、わかった。真実なら、引き受けよう」

「夏之介さま」

小弥太は耳を疑った。

そのとき、橋の上を三人の浪人が通りすぎた。

「あの連中です」

七三郎が顔をしかめて言い、

「では、こうしていただけますか。今宵はぜひ、戸塚宿でお泊まりください。お染という娘を明日にでもお引き合わせいたします」

「いいだろう」

小弥太は呆《あき》れた。

「小弥太。ひとの難儀を見捨ててはおけぬ。軍兵衛の行き先はわかっているのだ。焦《あせ》ることはない」

「でも……」

小弥太はあとの言葉を呑《の》んだ。

こうなったら、夏之介は聞く耳を持たない。

「わかりました。今夜は戸塚宿に宿をとりましょう」

少し自棄《やけ》っぱちに言う。

七三郎の言葉がどこまで真実かはわからない。仮に真実だとしても、仇を追う身なのだ。

夏之介のひとのよさが恨《うら》めしかった。

「矢萩さま。いかがでございましょう。あっしのいつも使っている宿がございます。今夜はそこにお泊まりいただけたらと思います」

「わかった。では、案内してもらおうか」

「へえ。では、さっそく」

七三郎は先に立って街道に戻った。

松並木の向こうに富士を見ながら、三人は戸塚宿に向かった。

二

戸塚宿は、戸塚町、吉田町、矢部町の三カ町から成る。それぞれの町に人馬の継ぎ立てなどを取り締まっている問屋場《といやば》があり、それぞれ交替で任を果たしている。本陣二軒、脇本陣三軒、旅籠は七十以上あると、七三郎が道々話した。

七三郎は商売で、年に何度か東海道を往来しているらしい。

七三郎は戸塚宿の中心である戸塚町に入る。さらに戸塚町も東から上宿、中宿、台宿、天王宿、田宿、八幡宿の六つの町に分かれていて、七三郎が連れて行ったのは、中宿にある『登美屋《とみや》』という小さな旅籠だった。

「飯盛女を置いていない平旅籠ですが、もし、女のいるほうがよろしければ、そっちに案内しますが」

戸口で、七三郎が言う。

「いや、女のいないほうがいい」

夏之介はすぐ答える。

「では、入りましょう」

土間に入ると、年配の女中が七三郎を見て、

「七三郎さん。いらっしゃい」

と、迎えた。

「すまない。ふた部屋頼むよ」

「畏《かしこ》まりました」

女中が濯《すす》ぎ水を持ってきた。

夏之介と小弥太は街道沿いの部屋に入った。窓辺に立つと、問屋場が見えた。

問屋場は幕府公用の荷物や御用旅の武士を遅滞なく運ぶために、馬と人足を待機させているところだが、一般の旅人も利用出来る。

「失礼いたします」

宿の主人が宿帳を持ってやってきた。

小弥太は宿帳に書き入れて、

「七三郎さんは、よくここに泊まるのか」

と、きいた。

「はい。年に何度か、お泊まりいただいています」

「何の商売をしているか知っているか」

「江戸の深川で小間物屋をやっていると聞いています」

「そうか」

亭主にも同じことを話しているだけで、それがほんとうだという証《あかし》はない。いや、七三郎の足の運びや目の配り方からもふつうの商人とは思えない。

亭主が出て行ってから、

「夏之介さま。七三郎を信じていいものでしょうか。軍兵衛の仲間ではありませんか」

と、小弥太は声を忍ばせてきく。

「小弥太。そなたは疑り深い」

夏之介が一蹴《いっしゅう》する。

「いえ、夏之介さまがひとを信用しすぎるのです」

小弥太は言い返す。

「旦那さまが仰っておいででした。夏之介はひとがよすぎると。だから、そなたは疑ってかかれ。それでちょうどいいのかもしれないと」

「父上とて、お人好しだった」

「そうです。夏之介さまは旦那さまにそっくりです」

だから、他人のために軍兵衛に談判しに行ったのだ。夏右衛門がそのような頼みを引き受けずともよかったのだ。

もっとも、そんな人柄だから、父や母の面倒を見てくれ、小弥太にも我が子同様に接してくれたのだ。

そんなやさしいお方を手にかけた軍兵衛は許せない。早く、軍兵衛に追いつき、仇を討ちたい。こんなところで、ぐずぐずしてはいられない。

だが、夏之介は仇のことなど忘れたように落ち着いている。そのことが歯がゆかった。

「夏之介さま。明日は早く、出立しましょう。明日の夜は小田原に泊まり、明後日には箱根を越えたいのです。軍兵衛は今夜は小田原に泊まり、明日箱根を越えるでしょう」

小弥太は訴えるように言う。

「小弥太。明日は、お染という娘に会う」

「でも、そんなことをしたら……」

「七三郎の話がほんとうなら、お染は助けてくれる侍を探して、街道筋でずっと待っていたのだ。軍兵衛が、足止めにするつもりで私の名を出したのだとしても、お染は矢萩夏之介に縋《すが》ろうとしているのだ。無下《むげ》に出来るか」

「お待ちください」

小弥太は懸命に言う。

「もし、お染の訴えを聞き入れ、村人たちに力を貸すとしたら、ここに何日も滞在しなければなりませぬ。その間に、軍兵衛は、武藤伊織《むとういおり》さまの知行所に辿り着いてしまいます」

「止むを得まい」

「えっ？」

「だからといって、仇討ちが出来なくなるわけではない」

「しかし、柳生新陰流《やぎゅうしんかげりゅう》の遣い手が軍兵衛に味方をするとなると、かなり難しくなるのでは……」

「小弥太。私は困っているひとたちを見捨ててはいけぬ。おそらく、父上も、私と同じことをなさるはずだ」

そこまで言われたら、あとは何も言えなかった。しかし、七三郎の話はまったくの偽りかもしれないのだ。

お染という娘など、もともといないのかもしれない。

「もし、よろしゅうございますか」

廊下で声がした。

「どうぞ」

夏之介が応じる。

襖《ふすま》が開いて、七三郎が入ってきた。

「このたびはご無理を申し上げて」

七三郎は頭を下げた。

小弥太は七三郎を睨み据える。この男は単なる商人ではない。商用で京に向かおうという商人が、他のことにかかずらっている余裕などあるはずがない。

「明日、お染のところに行って、ここにきてもらいます。どうぞ、お染の話を聞いてやってください」

七三郎が訴える。

「お染とは、地蔵堂の前で会ったと言ったな」

小弥太が化けの皮を剝《は》ぐ意気込みで切り出した。

「はい」

「僅《わず》かな時間会っただけにしては、ずいぶんお染のことに詳しいではないか。お染の住まいまできさだしている。お染はずいぶんあっさりそなたを信用したものだ」

「…………」

「七三郎さん。ほんとうに、お染はいるのか」

「小弥太。そこまで疑うものではない」

夏之介がたしなめる。

「いえ、お疑いになるのも無理はありません」

七三郎が口を開いた。

「仰るとおり、お染とは初対面ではありません。一度会ったことがございます」

それみろと、小弥太は心の内で呟く。

「去年の夏、京からの帰り、この戸塚宿にやってきたときのことです。女衒《ぜげん》に連れられてひとりの娘が飯盛旅籠に入ろうとしていました。なにげなく振り向いた娘と目が合いました。そのかなしそうな表情にあっしは胸を衝《つ》かれました」

七三郎は息継ぎをして、

「気がついたとき、あっしは女衒に声をかけていました。そして、娘が五十両で飯盛女として売られようとしているのを知り、女衒から六十両で買い取りました」

「六十両で？」

「商売で稼いだ金です。かなり、吹っ掛けられましたが、どうしても助けたかったんです」

七三郎は言い訳のように言うが、小弥太はおかしいと思った。京都には小間物の仕入れに行ったのだ。行きならわかるが、帰りにそんな大金を持っているのはおかしい。

だが、それ以上の疑問を夏之介が口にした。

「なぜ、赤の他人のために、そんな大金を出したのだ」

「その娘が、十年前に死んだ女に似ていたんですよ。所帯を持つことになっていたんですがね」

「なぜ、死んだんだ」

「病気です。貧しくて、薬も満足に買ってやれなかった。なんだか、その女が助けてくれと言っているみたいでした」

七三郎はしんみり言う。

「その娘がお染か」

「そうです。そんとき、阿久津村のお染の家まで送っていってやりました。ふた親や弟、妹たちの喜ぶ顔を見て、満足でした。ところが、一年ぶりに京に上る途中で、またお染に会ったたってわけです」

七三郎はやりきれないように、

「お染から話を聞いて驚きました。また、年貢が高くなり、その他にもいろいろな名目でお金を搾《しぼ》り取られている。このままでは、百姓は首をくるしかない。村の娘たちは、飯盛女に売られて行く。お染もいずれ飯盛女になるしかない。そんな話を聞いて、あっしは何とかしてやりたいと思ったんです。で、あっしがおふたりを説き伏せると」

「で、何をするのだ」

「無事、江戸まで直訴に行くための護衛です」

「江戸まで？」

　小弥太は唖然とした。ここまで来て、また江戸に戻らねばならないのか。もし、江戸まで引き返すとなったら、往復二日。江戸での滞在を一日みたとしたら、軍兵衛との差は三日開くことになる。都合四日の差だ。いや、すぐに江戸に発てるのかどうか。

「どうして江戸に下《くだ》る侍に声をかけなかったんだ」

「道連れのように気楽に考えられかねないという理由からだそうです。来た道を引き返してくれるなら本気で守ってくれるはずだと」

「わかった。明日、こちらからお染に会いに行こう」

　夏之介が厳しい顔で言う。

「ちょっと待ってくれ」

小弥太は七三郎に声をかけた。

「もし、お染が我らに直接声をかけていたら、手間はなかった。どうして、そなたが間に入ったのか」

「それは……」

七三郎は言いよどんでから、

「謝礼の件です。村人は、手を貸してもらってもお礼が十分に出来ません。ですから、お染は自分の身を差し出す覚悟で、助っ人を雇おうとしたのです」

「なんと」

痛ましげに、夏之介は首を横に振った。

「もしや、きのうの侍は？」

「ええ。身を捧げることで、その侍は請け合ったそうです。ところが、うまくいってからだと言うと、その侍は舌打ちして断ってきたそうです。その代わり、矢萩さまのお名前を出して、この者なら引き受けるはずだと言ったそうです」

やはり、軍兵衛は我らをここに足止めするために名を出したのだ。

「では、そなたは我らが謝礼を求めたらどうするつもりだったのだ」

夏之介がきいた。

「あっしが金を払うつもりでした」

「ずいぶん太っ腹だな」

小弥太はますます七三郎の素性に疑問を持った。

「お染のためなら……」

七三郎は思い詰めたような目で言う。

「わかった。明日、お染さんに会い、詳しい話をしよう」

夏之介はもう助ける気になっている。

小弥太はため息をつくしかなかった。夏之介は本気で江戸に戻る気だ。今の時点では、夏之介は仇討ちのことを忘れているようだった。

夕餉《ゆうげ》のあと、窓から街道を見ていた夏之介が振り向いて声をかけた。

「外に出てみよう」

「外にですか。わかりました」

刀を持って、小弥太は夏之介といっしょに外に出た。

暗くなったこの時間にも到着する旅人がいた。だが、飯盛旅籠には近在の男たちも遊びに来ているようだった。

女たちは通りの真ん中まで出てきて、客の呼び込みをしている。賑《にぎ》やかな声があちこちに行き交う。

両側には旅籠が並び、その間に荒物屋、酒屋、炭屋、蕎麦《そば》屋、古着屋などが店を構えている。

大きな飯盛旅籠があった。格子の部屋の向こうに着飾った女がいた。その前に男たちがたむろしている。

夏之介はまるで当てがあるかのように歩いて行く。家の構えが広く、立派な門構えの建物は本陣だ。今は、大名は泊まっていないのでひっそりとしている。

馬のいななきが聞こえた。問屋場の前を通った。居酒屋や料理屋の提灯《ちょうちん》が輝いている。

やがて、大戸の閉まった商家を過ぎたところで、夏之介は立ち止まり、迷っていたが角を曲がり、人通りのない裏道にはいる。

前方に寺の山門が見えてきた。

「どこに行くのですか」

小弥太はきいた。

「七三郎だ」

「七三郎がどうかしたのですか」

「さっき、窓から外を見ていたら、七三郎が宿を出て行った。どこに行くのか、気になったのだ」

「女でも買いに行ったんじゃないですか」

「それだったら、飯盛女のいる旅籠に泊まったろう」

「そうですね」

寺の横の路地からひとが出てきた。職人体《てい》の男だ。こっちを見て一瞬ぎょっとしたように立ち止まったが、すぐ何ごともなかったかのように行きすぎた。

「行ってみよう」

職人が出てきた路地を入る。暗い道だ。灯の消えた民家の先に提灯の灯が輝いていた。大きな門構えの家は料理屋だ。『柊家《ひいらぎや》』と看板が出ている。

その前を行きすぎる。寺の塀が途切れると、雑木林が広がっている。

ふたりは引き返す。

「さっきの職人はここから出てきたのだろうか」

夏之介は料理屋の前で立ち止まった。

「ここはなんでしょうか」

「昔は料理屋でもやっていたのだろうか」

夏之介は小首を傾げた。

来た道を戻った。再び、賑やかな通りに出て、旅籠に戻った。

部屋に戻ってから、

「ちょっと様子を見てきます」

と言い、小弥太は廊下に出る。

声をかけて、向かいの部屋の襖を開ける。七三郎はいなかった。

小弥太は部屋に戻った。

「まだ、帰っていません」

「そうか」

「どこへ行ったんでしょうか。知り合いにでも会いに行ったのでしょうか」

「手慰みかもしれない」

「博打ですか」

そうだろうか。新谷軍兵衛に会いに行ったのではないか。またも、小弥太に疑念が生じた。

「まさか、軍兵衛と会っているようなことはないでしょうね」

「まだ、疑っているのか」

夏之介が呆《あき》れたように言う。

「ちょっと、亭主にきいてみます」

もう一度、小弥太は部屋を出て、階下の帳場に行った。

亭主が出てきた。

「どこか賭場はあるのか」

「はい。『柊家』という料理屋の奥座敷で遊べます」

礼を言って、部屋に戻った。

「やっぱり、さっきのところで賭場が開かれているようです」

「七三郎はそこに行ったのだろう」

「だとしたら、あの男、只者《ただもの》ではありませんね」

「うむ。商人ではないな。まあ、正体はなんでもいい。ただ、これだけは言える。軍兵衛とぐるではない」

夏之介は言い切った。

あえて反論しなかった。明日、お染に会えばわかることだ。

三

翌朝、朝餉をとり終わったあと、七三郎がやってきた。

「おはようございます。そろそろ出かけたいと思いますが」

部屋に入ってきて言う。

「ゆうべ、部屋にいなかったようだが」

小弥太はふいに口にした。

「えっ、ご存じでしたか。へえ、ちょっと……」

「誰かに会ってきたのではないのか」

七三郎は微《かす》かに眉根を寄せ、

「いえ。じつは手慰みに」

「堅気の商人が博打なんかやるのか」

「ほんの遊びです」

動じることなく、七三郎は答える。

「では、支度をして出たいと思います」

七三郎は腰を上げた。

四半刻（約三十分）後に、小弥太らは旅籠を出た。

問屋場の前に差しかかると、騒々しい。七三郎がこっそり、小弥太の手に、

「すいません。これを預っていただけますか」

と、袱紗《ふくさ》に包んだものを寄越した。

七三郎はふたりの後ろについた。

夏之介と小弥太が問屋場の前を行きすぎたとき、

「お待ちを」

と、背後で声がした。

振り返ると、宿役人が七三郎を呼び止めていた。

「なんだ?」

夏之介が不審そうに言う。

七三郎が手行李《てごうり》の中を見せている。さらに、体まで調べられている。

小弥太は預ったものを思いだした。小判である。

やがて、七三郎は解き放たれ、こっちにやってきた。だが、ふたりを無視して追い越して行った。宿役人がこっちを見ているので、小弥太も声をかけなかった。

問屋場からだいぶ離れたところで、七三郎が待っていた。

「すいません。お騒がせしました」

「何があったのだ」

夏之介がきいた。

「ゆうべ、別の旅籠の客人が十両盗まれたと騒いでいるそうです。枕探しか、本人の勘違いか」

「どうして、これを私に預けたのだ」

小弥太は袱紗包みを返してきいた。

「こんなものを持っていたら、変に疑われ、言い訳に時間がかかってしまいますからね」

七三郎はしれっと言い、

「さあ、行きましょうか」

と、袱紗包みを懐に仕舞って歩きだした。

七三郎の仕業なのか。ゆうべ外に出て行ったのは手慰みではなく、盗みをするためではなかったのか。七三郎は枕探しなのかもしれない。

川に出た。小橋を渡ると、川沿いの道に入る。

松並木の街道を離れ、富士を背中に田畑の道を半刻（約一時間）ほど行くと集落が現われた。

「阿久津村です」

七三郎が言う。かなたに小高い山が連なっている。

さらに行くと、集落の外れの高台に大きな屋敷が見えてきた。

「あれが陣屋です」

七三郎が指を指す。

「ほう、立派な建物だ」

夏之介が感歎する。

「あの陣屋を造った費用も村人からの徴収ですからね。村人もたまったもんじゃありませんよ」

七三郎は憤慨した。

「村人にとっては忌《い》まわしい場所か」

夏之介が呟《つぶや》く。

「ええ、仰るとおりです」

七三郎は厳しい目を向け、

「あの中に、訴え出た村人がふたり捕まっているんです」

まだ、田植えの季節ではなく、田圃《たんぼ》に人影はない。ただ、田圃の水に陽光が照り返し、輝いていた。

「行きましょう」

七三郎が再び先を歩く。

四半刻ほど歩いて、杉の木立が密集した向こうに、数軒の百姓家が点在していた。

七三郎はそのうちの一軒に向かった。

戸口に立ち、

「ごめんください」

と、七三郎は戸を開けた。

薄暗い土間から、若い女が顔を出した。

「七三郎さん」

「お染さん。お侍さまをお連れした」

「きてくだすったんですね」

お染は外に出てきた。美しい顔だちの娘だった。

「お染と申します」

「矢萩夏之介です。こちらは連れの小弥太」

小弥太は軽く頭を下げた。

「さあ、どうぞ」

お染は中に請《しょう》じた。

土間に入る。板敷きの間に、囲炉裏があり、そこに年配の男女が座っていた。お染のふた親だ。ふたりとも、悲しそうな目をしている。圧政に虐げられてきた恨みの籠もった目のようにも思える。

「よくきてくださいました。どうぞ、こちらにお座りください」

父親は富蔵《とみぞう》と言った。五十近いと思ったが、声は若々しく、実際はもっと若いようだ。

夏之介が富蔵のすぐ近くの囲炉裏の傍《そば》に座り、小弥太はその斜め後ろに控えた。七三郎は富蔵の正面に座る。

「阿久津村は領主の圧政に苦しんでいると聞いたが?」

夏之介が切り出した。

「はい。年々、年貢は高くなっています。去年は大風雨に見舞われたにも拘《かかわ》らず、減税もしてくれません。年貢の他に、口米《くちまい》を別個にとられております。ご領主さまや家来がやってくる際の路銀はもちろん、飲み食いの費用《かかり》もこちらで用意しなければなりません。その中には女と遊ぶ金も含まれております」

「女と?」

「はい。ご家来衆は宿場の大楼に遊びに行きます。そうでなければ、村の娘を宴《うたげ》に……」

「なんとひどい」

夏之介は怒りを露《あらわ》にし、

「名主とか村の長《おさ》などはどうしているのか」

と、きいた。

「ご領主の古川さまは、阿久津村の名主に郷代官を命じています。つまり、名主は我らの上に立っているのではなく、領主側についているのです」

「なぜ、名主が……」

「先代はよかったのですが、倅《せがれ》の綱右衛門《つなえもん》さまが名主になってから、ご領主の古川さまの言いなりになりました。綱右衛門さまは領主に納める年貢、口米の中から分け前をもらっています。いえ、綱右衛門さまらに渡す分を加えた金額が我らに課せられているのです」

「無茶だ」

夏之介は呆れたように言う。

「それだけではありません」

富蔵は続けた。

「戸塚宿の『大野屋《おおのや》』という飯盛旅籠の亭主と手を組み、食えなくなった村の若い女を飯盛女に送り込んでいるのです」

「まさか」

「去年、お染がまさに売られる寸前に七三郎さんに助けていただきましたが、年貢を払えなくなった百姓は娘を売るしか他に道がないのです」

「よく、今まで我慢をしてきたものだ」

「何度か、名主としての綱右衛門さまに窮状を訴えました。でも、まったく話になりません。今までは、追い返されていただけなのですが、先日はとうとう訴え出たふたりが陣屋に囚《とら》われてしまいました」

「なんということだ」

夏之介は不快そうに顔をしかめ、

「で、今、あらたに浪人が送り込まれたということだが？」

と、富蔵とお染の顔を交互に見る。

「私のほうから」

お染が口を開いた。

「先日、名主の綱右衛門さまの息子の綱太郎《つなたろう》さんが言っていたのです。村人の間に不穏な動きがある。それを押さえ込むために、江戸から浪人が送り込まれると……」

「不穏な動きというのは、直訴の動きが伝わっていると？」

「そうです。最近では、常に村役人が村内を見回り、目を光らせています」

「どうして、綱太郎がそなたにそんなことを？」

夏之介がきいた。

「綱太郎はお染を狙《ねら》っているんです」

富蔵が口元を歪《ゆが》めた。

「狙っている？」

「そうです。綱太郎は女房がいるくせにお染にちょっかいを」

「なんという父子だ」

夏之介は呆れたように言い、

「小弥太。私はこのひとたちを助ける。よいな」

と、振り返った。

「わかりました。私もお手伝いします」

小弥太は覚悟を固めて言う。

「よし」

夏之介は満足そうに頷《うなず》いた。

「お染さん、ちょっとお訊《たず》ねしますが、村人の間に不穏な動きがあるというのは、江戸の古川文左衛門に訴え出ることを指しているのでしょうか」

小弥太は夏之介の脇から身を乗り出してきいた。

「はい。そうだと思います」

「その動きはあるのですね」

「はい。多吉《たきち》さんたちが中心になって動いています」

「ただ」

富蔵が口をはさんだ。

「ただ？」

「江戸の古川さまに訴えるのではありません。古川さまに訴えても無駄です。庄政の張本人ですから、握りつぶされるだけです」

「と言うと……」

夏之介は唖然として、

「まさか、ご老中に？」

「はい。駕籠訴《かごそ》しかありません」

「駕籠訴……。しかし、直訴は御法度」

古川文左衛門に訴えるだけなら領内の問題だが、公儀への直訴は死罪になりかねない。

「多吉も覚悟はしています。それに、古川さまに訴えても、無礼討ちにされることは明らか。同じ命を落とすならご老中に訴えたほうが村のため」

「…………」

「それに八代（吉宗）さまは下々のこともお心配りをされるお方とか。目安箱をお作りになったのもその証左。きっと、我らの窮状をわかってくださるはず」

「そこまで考えておられたか」

夏之介はため息混じりに言う。

「ところで、多吉というのは?」

「隣の家の伜《せがれ》です。そして……」

富蔵が言いよどんだ。

「何か」

夏之介が問いかける。

「お染の許嫁《いいなずけ》です」

お染は俯《うつむ》いた。

「駕籠訴をすれば多吉の身は……」

夏之介はあとの言葉が続かなかった。

「仕方ありません。村のためですから」

お染は顔を上げ、悲壮な覚悟で言った。

小弥太も息苦しくなって胸に手をやった。

「だから、向こうは躍起になっているんですね。それにしても、どうして、その動きがわかったのでしょうか」

小弥太は疑問を投げかけた。

「綱右衛門さまの手の者が村の中を見回っているのです。村人が集会をすれば、必ず聞き耳を立てているのです」

「そうですか。もうひとつ、お染さんにお伺いします」

小弥太は続けてきく。

「はい」

「我らのことは、一昨日、ひとり旅の侍から聞いたそうですが、いくつぐらいで、どんな顔だちだったのでしょうか」

「そうですね。二十七、八歳。中肉中背の細面で顎《あご》が鋭く尖《とが》っていました。目はきつねのようにつり上がって……」

「軍兵衛に間違いありません」

小弥太は気が昂《たかぶ》った。

「その侍はどうしましたか」

「はい。事情を話したところ、力になると請け合いました。ところがすぐに私を地蔵堂の中に連れ込もうとしました。うまくいってからだと拒《こば》むと、鼻白んだように、なら、話はなかったことにすると言い、立ち去ろうとしました。でも、何を思ったか、引き返してきて、おそらく、明日あたり、矢萩夏之介と供の者のふたり連れがやって来るはずだ。この者なら手を貸してくれるから声をかけてみろと」

やはり、思ったとおりだ。我らを足止めするために、名を出したのだ。

軍兵衛ははじめからお染の体だけが目当てだった。思いどおりにならないと悟ると、とっさに悪知恵が働いたのだ。

「その侍はどうしました？」

「戸塚宿に向かいましたが、その後はわかりません」

小弥太は頷《うなず》く。

今頃は、箱根を越えようとしているのだろう。焦《あせ》りを覚えるが、この村のことを放ってはおけないと思った。

「で、我らの役目は、直訴に及ぶ村人を無事江戸まで届けることでよいのか」

夏之介が改めてきく。

「はい。おそらく、江戸に向かう村の者を浪人に殺させるのではないかと、私は思っています。どうか、その者たちをお守りいただきたいのです」

「わかった。して、江戸への出立はいつ？」

「それが……」

「どうした？」

「多吉さんはすぐにでも発ちたいようですが、もし江戸に向かったことがわかったら、陣屋に囚われているふたりは殺されます。だから、踏ん切りがつかないのです」

「綱右衛門はそこまでするのか」

「はい。するはずです」

お染は手をついて、

「お願いでございます。陣屋のふたりを助けることは出来ないでしょうか」

「なに、陣屋のふたりを？」

夏之介は戸惑ったようにきく。

「村のほとんどの者は、ふたりが犠牲になっても江戸に行くべきだという考えでいます。でも、捕まっている亀三《かめぞう》さんにはおかみさんと幼い子が、松吉《まつきち》さんには老いた母親がいるのです。見殺しには出来ません」

お染は目に涙をためた。

小弥太ははっとした。夏之介も気配に気づいたようだ。

小弥太はそっと立ち上がって、静かに土間に下りた。戸口に向かい、さっと戸を開けた。尻端折《はしよ》りをした男が逃げて行った。

逃げ足は早かった。舌打ちして、小弥太は囲炉裏に戻った。

「我らのことが敵に感づかれたようです」

「さっき、陣屋から見ていた者がいたのであろう」

夏之介は厳しい表情で、

「敵はかなり用心をしているようだ。よほど、直訴が怖いようだな」

と、言ってから、

「事情はよくわかりました。我らが、手を貸しましょう。それより、ここにいて、富蔵さんたちに危難が及ぶといけない。どこか、我らが寝泊まり出来るところはありますか」

「空き家になっている家があります」

遠慮がちに、お染が言う。

「空き家？」

小弥太がきき返す。

「はい」

お染は俯いた。

「何かあるのですか」

「じつは、一カ月ほど前に、一家心中……」

長患いの父親と母親が梁《はり》から縄を吊るして首をくくったという。娘を飯盛女に売って半年後だったという。

「娘を売った金の半分以上を年貢代わりにとられてしまって……。病気で働けなくても年貢だけは割り当てられるんです」

富蔵が説明する。

「すみません。近くではそこだけしか」

「いや、結構。亡くなった人間の恨みを我がことのように実感出来る。我らには格好の場所だ」

決して他人にいやな顔ひとつ見せない夏之介だが、今の言葉は本心だろうと思った。

「それではご案内いたします」

お染が先に土間に下りた。

外に出ると、太陽はだいぶ上に昇っていた。田畑が広がり、野の花が咲きはじめ、春の到来を思わせた。

かなたの百姓家から鍬《くわ》を持った男がこっちを見ていた。

「我らを古川文左衛門の家来と思っているのだろうか」

夏之介が気にした。

「私といっしょですから、そんなことはないと思います」

そう言い、お染はそっちに向かって手を振った。

鍬を持った男ももう一方の手を上げて応えた。

「安心したようですね」

小弥太はほっとして言う。

ひっそりとしている百姓家にやってきた。お染が中に入り、座敷に上がって雨戸を開けた。

「そなたはどうするのだ」

夏之介が、ついてきた七三郎にきいた。

「あっしもお手伝いさせていただきます。乗り掛かった船ですから」

七三郎は険しい表情で言う。

「危険だ」

「なあに、逃げ足は早いほうですから」

「どうぞ」

お染が中から呼んだ。

小弥太も夏之介に続いて土間から座敷に上がった。いやでも、首をくくったという梁に目がいく。

「住んでいたひとのふとんや調度品がそのまま残っています。どうぞ、お使いください。食事は私が支度をします」

「いや、米や野菜などを届けてもらえれば、食事の支度は私がやります」

小弥太が申し出る。

「いえ、それぐらいはさせてください」

「小弥太。お染さんにお願いしよう」

夏之介が声をかけた。

「はい」

「お染さん。多吉に会いたい。来るように伝えてくれ」

「わかりました」

お染が答える。

ふたりのやりとりを聞きながら縁側から外を見たとき、小弥太はふたりの男がやって来るのを目にした。ひとりは肥《ふと》った男で、もうひとりは連れのようだ。

「お染さん」

小弥太は呼んだ。

「あっ」

お染が軽く悲鳴を上げた。

「組頭です」

以前は五人組の中の代表だったが、今は村民全体の代表で、阿久津村に三人いるという。名主の下で働いている。いわゆる村役人だ。

長兵衛《ちょうべえ》という名だと、お染が囁《ささや》いた。

「お染。この者たちはなぜ、ここにいる？」

肥った男がいかつい顔を向けた。

「私の家の知り合いです。遊びに来てくれたのです」

お染が説明する。

「ここは使っていない家だ。よそ者が使うのはよろしくない。出て行ってもらおう」

「なぜ、ですか」

「村には、よそ者、特に侍は滞在させぬ仕来り。何か問題があったら、困るでな。もし、ここに泊まらせるというなら、お染、おまえを不審な侍を手引きしたとして引っ立てる」

「そんな」

お染が抗議をする。

小弥太が長兵衛の前に出ようとすると、夏之介が腕を摑《つか》んで引き止めた。

「わかりました。我らはここを退《の》きましょう」

夏之介が言う。

「よし。ただちに立ち退いてくれ」

長兵衛は冷たく言う。

「泊まらなければよろしいのですね」

「いや、村の中をうろつかれても困る。もし、何かあったら、我らはそなたたちに疑いの目を向けざるを得なくなるでな」

長兵衛が含み笑いをした。

「よいな。一回りしてまた来る。それまでに出て行かなければ、お染を陣屋に引っ立てる」

そう言い残し、長兵衛は引き返して行った。

「同じ村の人間なのに、領主側について村人から金を搾《しぼ》り取っているんです」

お染が憤慨した。

「お染さん。無用ないざこざは起こさないほうがいい。我らは宿場に戻る。なに、心配はいらない。奴らに気づかれぬように動く。これからは七三郎さんに連絡役《つなぎ》になってもらう。安心していなさい」

「はい。お願いいたします」

「では、我らは宿場に戻ろう」

「矢萩さま。あっしにお任せ願えますか。隠れ家に心当たりがありますので」

七三郎が申し出た。

その顔はもはや、商人の顔つきではなかった。

四

七三郎が連れて行ったのは、宿場の外れにある荒物屋だった。

島吉《とうきち》という亭主は四十絡みの渋い感じの男で、七三郎から事情を聞き終えると、

「阿久津村の領主はかなりあくどいとは聞いていたが、そこまでとはな。わかった。好きなだけ使ってくれていいぜ」

と、請け合ってくれた。

「矢萩さま。近くに空き家があります。そこをお使いください。七三郎さんもそこでいいかえ」

「ああ、十分だ。島吉さん、助かる」

七三郎は頭を下げた。

「俺とおまえさんの仲だ。気にすることはねえ。ただ、手は貸してやれねえ。それだけは勘弁してくれ」

「とんでもない。泊めてもらうだけで十分だ」

「島吉さん。かたじけない。お言葉に甘える」

夏之介が礼を言う。

「それにしても、矢萩さまも変わったお方ですねえ。赤の他人のために、そこまでしようっていうんだから」

島吉は感心したように言う。

「事情を聞いたからには黙って見過ごしには出来ぬでな」

夏之介は答える。

「では、若い者に案内させせます」

島吉は奉公人を呼んだ。

「裏の空き家にご案内しろ」

「へえ」

若い男は頷いてから、

「どうぞ」

と、夏之介に声をかけた。

案内されたのは荒物屋の真裏だった。空き家というから、家財道具は何もないかと思っていたら、まるでさっきまで誰かが暮らしていたように居間には長火鉢があり、隣の部屋には簞笥《たんす》やふとんなどがあった。

「じつは、旦那の妾《めかけ》の家だったんです」

若い男が声をひそめて言う。

「妾はどうしたんだね」

七三郎が不思議そうにきく。

「少し離れた場所で呑み屋をやらせています。そこに引っ越したので空き家になったんです。じゃあ、あとはお願いいたします」

「すまなかった」

若い男は引き上げて行った。

「ここなら、奴らに見つかる心配はいりません」

七三郎は腰を下ろして言う。

「七三郎さん。そなたはいったい何者だ」

小弥太は率直にきいた。

「もう隠していても仕方ありませんね。あっしは、ご推察のとおり、盗人《ぬすっと》でございます。ですが、枕探しのようなけちな泥棒じゃありません。金のあるところからまとまった金をいただきます」

「そうか、やはり盗人か」

小弥太は納得して続けた。

「あの島吉さんも？」

「へえ、昔は同じ稼業でした。でも、今は足を洗ってます」

「七三郎さん、頼みがある」

夏之介は目を輝かせた。

「へえ、なんでしょう」

「盗人なら、忍び込むのはお手のものだな」

と、確かめるように言う。

「へえ、それは……」

「では、陣屋に忍び込めるか」

「もちろんです」

七三郎はにやりと笑った。

「よし。では、陣屋の様子や、囚われている者が陣屋のどこにいるか探ってきてくれぬか。警護に何人ぐらいの侍がいるかもな」

「お安い御用です。やるつもりですね」

七三郎が察して言う。

「うむ。ふたりを助ける」

「しかし、我らの仕業だとわかってしまいませんか」

「わかるだろう。だが、ふたりをここに匿《かくま》えば、あとは多吉といっしょに江戸に発つだけだ。島吉さんには黙って匿うことになるが……」

「島吉さんとは関係ないことにするためにも、黙っていたほうがいいでしょう。ともかく、今夜にも陣屋に忍び込んでみます」

「頼む」

「わかりました。じゃあ、これから、多吉さんとお染さんを迎えに行ってきます」

「十分に注意をしてな」

「任しておいてください」

胸を叩《たた》いて、七三郎は出て行った。

「夏之介さま」

小弥太は声をかけた。

「なんだ？」

「さっき、組頭の長兵衛は我々の名前を問い詰めませんでしたね」

「それがどうした？」

「我らが何者だか、気にならなかったのでしょうか。そんなはずはありません。気になったはずです」

「そうだな」

「きかなかったのは我らの名前をすでに知っていたからではありませんか」

「うむ？　しかし、我らの名を知っているはずはあるまい。なにしろ、七三郎さんの案内で、きょうはじめてお染さんに会いに行ったのだ」

「でも、すぐに組頭の長兵衛がやってきたのは、我々のことを知っていたからではありませんか」

「まさか」

夏之介が首を横に振り、

「向こうにしてみれば、我らが何者であろうが関係ないということだ。いや、かえってどこの馬の骨ともわからぬほうが始末しやすいと思ってのことかもしれぬ」

「そうですね」

そうかもしれない。軍兵衛が陣屋の味方をして、この地に留まっているとは思えない。


午後になって、七三郎が多吉とお染を連れてきた。

多吉は小弥太と同い年の二十二歳。色の浅黒い、朴訥《ぼくとつ》な感じの男だ。

「お染さんから聞きました。あっしたちにお力をお貸しくださるそうで、ありがとうございます」

多吉は深々と頭を下げた。

「うむ。申し上げ書は出来ているのか」

「はい。作ってあります。あとは江戸に走って、老中に訴え出るだけ。でも、あっしが江戸に向かったら、亀三さんと松吉さんのふたりの命が……」

多吉はあとの声を呑んだ。

「亀三と松吉は陣屋から助け出すつもりだ」

「ほんとうですか」

「ああ、その上で、江戸に向かうのだ。私たちがついていく」

「だいじょうぶでしょうか」

「まず、ふたりを明日の夜に助け出す。無事、救出出来たら、明後日の早朝に出立だ。そのつもりで」

「はい」

「江戸に行くのはそなたと?」

「はい。私と春太郎《はるたろう》という男のふたりです」

「よし。明後日の早朝、ここで落ち合い、出発だ」

「わかりました。そのつもりで支度をしておきます」

「ただ、お染さんに敵の手が及ぶかもしれない。お染さんもここまでいっしょに来たほうがいい」

「わかりました」

お染も緊張した声で答えた。

「では、これから村に帰り、不審を持たれぬようにおとなしく明後日の朝を待て」

「お願いいたします」

お染と多吉は何度も頭を下げて引き上げて行った。

夜になって、七三郎が出かけるとき、

「何かあるといけません。私もいっしょに行きます」

と、小弥太は申し出た。

「そうだな。万が一を考え、そうしよう。小弥太、行ってくれ」

夏之介も勧めた。

「はい」

「わかりました」

七三郎は応じた。

七三郎と小弥太は暗い夜道を阿久津村を目指した。月がないので、闇にまぎれて村に入り、提灯の灯が明るく輝いている陣屋にやってきた。

陣屋の裏にまわり、米蔵が見える場所に来て、七三郎は足を止めた。それほど広い敷地ではないが、それでも大きな建物がそびえている。

「ここから忍び込みます」

そう言い、七三郎は懐から鉤縄《かぎなわ》を取り出した。

「小弥太さんはここで待っていてください」

「いや、私も忍び込む」

「中の様子がわかりません。あっしひとりのほうがいい」

「わかりました」

「では」

七三郎は鉤縄を、塀の内側に見える松の枝目掛けて投げた。うまく引っ掛かり、その縄に摑まり、塀に足をかけて素早くよじ登った。

やがて、七三郎の姿は塀の中に消えた。

半刻近く経ち、塀の上に黒い影が現われた。七三郎だ。

地上に音もなく飛び下りた。

「驚きました。浪人が七人ぐらいいました」

「七人？」

「へえ、例の神奈川宿で見かけた三人の顔もありました。長兵衛という組頭を交えて酒盛りをしてましたぜ。遊女も呼んでいました」

「ふざけた連中だ」

「それから、仮牢は、表門からさらに中門に入った右手にありました。前に門番小屋があります。牢内に男がふたり囚われていました。亀三と松吉でしょう」

「では、引き上げよう」

小弥太と七三郎は陣屋をあとにし、暗闇の中を宿場に戻った。

翌日の夜、夏之介と小弥太は身拵《みごしら》えをした。すでに支度が出来ている七三郎と共に、家を出た。

七三郎が描いた陣屋の見取図をしっかり頭に叩き込んだ。仮牢の周辺には鳴子が仕掛けられていることまでしっかり記されていた。綱に足を引っかければ音が鳴り、すかさず浪人たちが飛び出してくるはずだった。

仮牢のそばにある門番小屋を襲い、鍵を奪う。慎重に行えば、警護の浪人たちには気づかれぬはずだ。

かなたに百姓家の灯が見える。みな、貧しい暮しをしているというのに、陣屋では郷代官に取り立てられた名主や組頭などの村役人が、毎日女と酒に明け暮れている。その費用もすべて百姓から搾り取った金だ。

陣屋に近付いた。微かに嬌声《きょうせい》が聞こえてきた。今夜も遊女を呼んでの酒盛りか。

陣屋の裏側にやってきた。きのうと同じ場所で、七三郎は塀を乗り越えた。それを見届けてから、夏之介と小弥太は塀沿いを移動する。

裏門に出た。小弥太は素早く黒い布で顔を覆った。夏之介も覆面をした。

しばらくして閂《かんぬき》の外れる音がして、戸が開いた。

夏之介から先に侵入し、小弥太が続く。

「こっちです」

七三郎が先に立った。

米蔵の向こうにさらに板塀が巡らされている。七三郎はその内塀も難なく乗り越えた。今度は夏之介も小弥太も七三郎の手を借り、内塀を乗り越える。

目の前が母屋の裏手だ。七三郎のあとに従い、母屋の横にまわる。男女の騒ぎ声が大きくなった。開け放たれた障子の大広間で、浪人たちが女と騒いでいる姿が見える。連日の宴だ。

「いい気なもんですぜ」

七三郎が吐き捨てた。

「行こう」

夏之介が急かす。

塀沿いを表門のほうに向かう。七三郎がはっと動きを止めた。前方の暗がりに、人影が見えた。

「見張りです」

見張り小屋から出てきたのだ。

「あの向こうに仮牢があります。見張りはふたり」

七三郎の説明に、夏之介は頷き、

「よし。ふたりで小屋に押し込み、見張りを倒すのだ」

と、小弥太に目をくれた。

「はい」

小弥太は応じた。

「鳴子に気をつけてください」

七三郎が注意をする。

「わかりました。では、私から」

小弥太が暗闇に紛れ、小走りに小屋の入口まで行った。夏之介が追いついた。

「私は向こう側に行きます」

中の様子を窺《うかが》い、素早く戸口の反対側に移動した。

夏之介と目配せした。夏之介は拾った木の枝を戸口に投げた。

「なんだ？」

小屋の中で、男の声がした。

小弥太は身構えた。

男が出てきた。棍棒《こんぼう》を持った下男ふうの男だ。小弥太が素早く飛び掛かり、背後から男の口を押さえ、首を締めつける。そこに、夏之介が飛び出し、刀の柄頭《つかがしら》で男の鳩尾《みぞおち》に一撃を加えた。

うぐっと呻《うめ》き、男がくずおれる。

「どうした?」

もうひとりの男が出てきた。小弥太は飛び掛かり、鳩尾に当て身を食らわせた。

男は仰向けにひっくり返った。

倒れた男の腰から牢の鍵を奪う。

「こっちだ」

夏之介が仮牢に向かった。

牢内にふたりの野良着の男がいた。

「亀三さんに松吉さんか」

小弥太が声をかける。

ふたりが格子まで近寄ってきた。ふたりとも不精髭を生やし、鋭い目付きをしていた。囚われの身でも、気迫は衰えていないようだ。

「そうです。あっしが亀三です。おまえさん方は?」

「助けに来た。今、開ける」

小弥太は南京錠に鍵を差し込む。

扉が開いた。

「さあ、出ろ」

夏之介が声をかける。

「へえ」

ふたりが出てきた。足腰もしっかりしている。

「こっちです」

七三郎の声のほうに向かう。表門の横に門番がいる。さっきの裏門に向かう。と、
そのとき、亀三が鳴子に足を引っかけた。からんからんと大きな音がした。

「しまった」

夏之介が叫ぶ。

母屋のほうが騒がしくなった。浪人たちが飛び出してきた。

「曲者《くせもの》」

先頭の大柄な男が大音声を発した。あっと言う間に、浪人に囲まれた。

「ふたりを頼む。表門に向かうんだ」

　夏之介は七三郎に言い、

「致命傷は与えるな」

と、刀を抜いた。

「わかりました」

　小弥太も抜刀した。

「旦那方、殺して構わない。やってくんなさい」

　廊下から、組頭の長兵衛が大声を張り上げた。

　浪人たちが迫る。七人だ。いずれも屈強そうな体格だ。

「俺が相手だ」

　頬に刀傷のある痩せた浪人が刀を抜いて小弥太に迫った。小弥太は正眼に構える。

が、左から別の浪人が隙《すき》を狙っている。

　小弥太は痩せた浪人に向かうと見せかけ、剣尖《けんせん》を左の浪人に向けた。予期せぬ攻撃に驚愕《きょうがく》の目を向けた浪人の利き腕に剣尖が走る。

　悲鳴を上げて、浪人は剣を投げ出し、腕を押さえてうずくまった。次いで小弥太は、正面の刀傷のある痩せた浪人の胸元に飛び込むように踏み込む。相手も斬りかかってきた。剣と剣がかち合い、火花が散った。

隣で悲鳴が上がった。夏之介が浪人のひとりに手傷を負わせたのだ。

「表門の敵を蹴散らせ」

夏之介が叫ぶ。

「はっ」

小弥太は痩せた浪人を突き放し、表門に向かった。表門の前にも浪人がふたりまわり込んでいた。

「退け」

小弥太が声を張り上げる。

「生かしては帰さぬ」

長身の浪人が上段から斬りつけてきた。小弥太は身を翻して、もうひとりの浪人に襲いかかった。あわてて、浪人は後退《あとじさ》った。

小弥太はその浪人を追い詰める。長身の浪人が背後から迫った。振り向いて、相手の剣を鎬《しのぎ》で受けとめた。

ふたりの浪人を引き付けている間に、七三郎は亀三と松吉をかばいながら表門に向かう。棍棒を持った門番を投げ飛ばし、七三郎は潜り戸の閂を外した。

小弥太は鍔《つば》迫《ぜ》り合いになった長身の浪人の剣を力を抜いて外し、体勢を崩した浪人の肩を刀の峰で激しく叩いた。

同時に、夏之介のほうからも浪人の悲鳴が上がった。

「早く」

七三郎が呼ぶ。

小弥太も夏之介も潜り戸に向かって駆けた。すでに、亀三や松吉は外に出ていた。

「逃げるのだ」

夏之介が走りながら叫ぶ。

たくさんの提灯の灯が迫ってくる。だが、だんだん追手との差が広がっていた。

五人は宿場に向かって走った。やがて、宿場の灯が見えてきた。

五

夜がまだ明けきっていない。

梯子《はしご》段の軋《きし》む音がした。二階に亀三と松吉が寝ている。小弥太は半身を起こし、様子を窺った。

下りてくる足音がふたりのような気がしたのだ。厠《かわや》ではない。

「どうした？」

夏之介が目を覚ました。

「ふたりが下りてきたようです」

小弥太は小声で答え、立ち上がった。

部屋を出ると、亀三と松吉がぎょっとしたように立ちすくんだ。

「どうかしましたか」

小弥太は声をかける。

「へえ。家が心配なので、ちょっと帰ってきたいのですが」

亀三が畏《かしこ》まって言う。

「いや、危険だ。奴らは夜通し、探索をしているはずだ。それに、そのほうの家も見張られているとみていい」

夏之介も起きてきて言う。

「この時間なら、まだ、だいじょうぶです。一目、家族に無事な姿を見せたら、すぐに戻ってきます」

亀三はなおも言う。

「いや。必死になって探している。当然、ふたりの家にも押しかけているとみていい。きっと様子を見に来るだろうと待ち構えている」

「そのときは諦めて引っ返してきます」

小弥太はふたりの様子をじっと見ていたが、

「夏之介さま。行かせてやってください」

と、口添えをした。

「いや、危険だ」

夏之介はあくまで反対した。

「亀三さんと松吉さんの気持ちもわかります。家族に一目会えば、気がすむと思いますから」

小弥太は夏之介を説き伏せるように、

「亀三さんたちが帰って来るのを待って江戸に出立いたしましょう。夏之介さま」

と、目顔で必死に別のことを訴える。

「うむ?」

夏之介は何かを感じ取ったようだ。

「きっと家族も心配しているはずです。どうか、行かせてやってください」

さらに、小弥太は強く訴える。

「うむ。止むを得ぬか」

夏之介が折れたように言い、

「多吉がやってきたら、すぐに江戸に出立したい。早く戻って来るのだ」

と、ふたりに言う。

「へえ。なるたけ早く帰ってきます」

亀三はほっとしたように答えた。

「わかった。では、くれぐれも気をつけて行って来るのだ」

「はい」

亀三は松吉と顔を見合わせて、土間に下り立った。

「では、行ってきます」

ふたりは戸を開けて出かけて行った。

小弥太も土間に下りた。

「どこへ行く？」

夏之介が声をかけた。

「ふたりのあとをつけます」

「さっきから何か言いたそうだったが、何かあるのか」

「何か変だと思いませんか」

「変？」

夏之介が不審そうな顔をした。

「小弥太さん。あっしもそう思っていました。あっしがあとをつけます」

奥から七三郎が出てきて言う。

「行ってくれますか」

「へえ、任してください」

七三郎はふたりのあとを追った。

「小弥太、どういうことだ?」

夏之介がきく。

「あのふたり、どうも百姓に見えません。それに、ゆうべ牢から助けたとき、亀三は鳴子の綱に足を引っかけました。こっちは鳴子を避けて走ったはずです」

「わざと引っかけたと申すのか」

「はい。奥に知らせたんです」

「まさか」

夏之介は不快そうな顔をし、

「そなたは、なんでも疑ってかかる。七三郎のこともそうだったではないか」

と、怒ったように言う。

「そのことでは返す言葉もありません。でも、ふたりのことは、七三郎さんも不審に思っていたようです」

「よいか。あのふたりは仮牢に閉じ込められていたのだ。それを我らが助けた。それが罠《わな》だったと申すのか」

夏之介はいらだったように言う。

「我らがふたりを助けに来ることを予期し、替え玉を用意していたのではありませんか。ひとつはふたりを奪い返されないため。もうひとつは我らの隠れ家を突き止めるため」

「そんな、まさか」

夏之介の顔色が変わった。

「今、あわてて家に帰りたいと言ったのは、多吉がやって来れば偽者だとわかってしまうから、その前に逃げたのです」

「では、亀三と松吉はまだ奴らの手に……」

「はい。陣屋の仮牢から別の場所に移されたのではありませんか」

それから四半刻後、旅装の多吉がやってきた。ようやく、東の空が白みはじめていた。

「来るとき、誰かに会わなかったですか」

小弥太は確かめる。

「いえ、誰にも」

「ここにはどうやって？」

「いつもの道を走ってきました。どうかしたんですか」

多吉は訝《いぶか》しそうにきく。

「阿久津村への道は？」

「もう一本、裏道があります。でも、その道は陣屋のほうに出るには便利ですが、村のほうには……」

「そうか。あのふたりはその道を行ったのか」

夏之介が愕然として言う。

「何かあったのですか」

多吉はきいたあとで、

「亀三さんと松吉さんは？」

と、夏之介の顔を見た。

「失敗した」

「失敗？　きのう陣屋のほうで騒ぎがありましたが？」

「亀三と松吉を仮牢から助け出した。だが、ふたりは替え玉だった。本物は陣屋ではなく、どこか別の場所に移されているのだ」

「そうでしたか」

多吉は肩を落とした。

「残念だが、きょう江戸へ行くのは取り止めるしかない。ふたりの命がかかっている」

夏之介は無念そうに吐き捨てた。

「いえ、じつはきのう、主だった村人が集まり話し合いました。そしたらほとんどの者が、亀三さんたちに関係なく江戸へ行くべきだという考えでした。私もそう思います」

「見殺しにしてもいいと？」

小弥太がきいた。

「名主や村役人がいくら領主側についているとはいえ、直訴したぐらいで命をとるとは思えないという考えが多かったのです」

「確かに、村役人たちは手出しはしないでしょう。また、名主も郷代官という立場であっても、処罰は出来ません。しかし、奴らは浪人を雇ったのです。浪人に殺させるつもりです」

「…………」

多吉は俯いたが、すぐに顔を上げて続けた。

「長老のひとりはこう言いました。直訴は死を覚悟しなければ出来ない。亀三と松吉もいっしょに江戸まで直訴に行ったと考えればいいのではないかと。あっしも、死を直訴したからには生きて帰れるとは思っていません。亀三さんと松吉さんも、死を覚悟しているはずです」

「亀三と松吉にそこまでの覚悟があるとは思えぬ」

「ですが、自分たちのために直訴が失敗することを望んではいないはずです。お願いです。このまま、江戸に出立させてください」

ふと気づき、

「多吉さん。お染さんは?」

と、小弥太はきいた。

「そろそろ来る頃です。ふたりがいっしょのところを見られないほうがいいと思い、別々に」

「じゃあ、直に来るのですね」

「何か？」

　多吉が不安そうな顔をした。

　替え玉のふたりに多吉が江戸に行くことを話してしまった。奴らが多吉とお染の仲を知っていたら、今度はお染に……。そんな不安を持った。

　戸が開いて、七三郎が駆け込んできた。

「ふたりは『柊家』に入って行きました」

「『柊家』？」

「島吉さんを起こしてきいてきました。『柊家』は博徒の親分の丹五郎《たんごろう》の家だそうです。料理屋というのは表向きで、実際は賭場です。あのふたりは丹五郎の子分です」

「陣屋と丹五郎は通じているのか」

「間違いありません。ふたりが『柊家』に消えたあと、別の子分らしい男が阿久津村に向かいました。陣屋に知らせに行ったのに違いありません。早く、ここを出ましょう。丹五郎の手下が襲ってくるかもしれません」

「まだ、お染さんが来ていないのです」

小弥太が言う。

「途中まで迎えに行きます」

多吉が心配そうに言う。

「いや、あっしが行ってきましょう」

七三郎はそう言うや、再び外に飛び出して行った。

「でも、どうしてふたりは替え玉だったんですか」

多吉がきいた。

「我らの動きは読まれていたのです。それで、替え玉を用意して、我らのことを探ろうとしたのでしょう。もし、多吉さんがここに来ることになっていなければ、替え玉はまだふたりになりすましたまま、行動を共にしていたに違いありません」

まんまと策にはまった口惜しさを隠しきれずに、小弥太は大きくため息をついた。

「しかし、どうしてそこまで策を施せたのか。そんな策士が陣屋にいるのか」

夏之介が憤然と言う。

「夏之介さま。ひょっとして、軍兵衛が陣屋に味方をしているのではありませんか」

「なに、軍兵衛が……」

「軍兵衛はこの騒動に我らを巻き込み、さらに陣屋で雇った浪人たちを使って我らを殺そうと考えたのではないでしょうか」

「うむ。軍兵衛なら考えそうだ」

夏之介は顔をしかめた。

「もし、そうなら、まだ軍兵衛はこの地にいることになります」

「軍兵衛というのは？」

多吉が口をはさんだ。

「お染さんが声をかけた侍です。我らはその男を追っているのです」

あわただしく、七三郎が駆け込んできた。

「お染さんは来ましたか」

「いえ、まだです」

「途中まで行きましたが、それらしき人影はありません」

「何かあったのに違いありません。戻ってみます」

多吉が立ち上がった。

「よし。我らも行こう」

夏之介が言ったとき、戸が開いて、何かが投げ込まれた。

「投げ文です」

小弥太がそれを拾って、夏之介に渡した。

「しまった。お染さんが……」

文を持つ夏之介の手が震えていた。

第三章　潜伏

一

三日経《た》った。夏之介《なつのすけ》と小弥太《こやた》は島吉《とうきち》の世話で、宿場外れにある小さな石和寺《いさわ》の離れに匿《かくま》ってもらっていた。

戸塚宿《とつかじゆく》は街道の両側に旅籠《はたご》屋や小商いの店が並んで成り立っているが、全長二十町（約二・一八キロメートル）余もあり、東海道では最長の宿場であった。

戸塚宿はあとから伝馬宿《てんまじゆく》が許された矢部宿《やべじゆく》、吉田宿《よしだじゆく》とともに戸塚三ヶ宿と呼ばれている。

石和寺は吉田宿の先から街道を外れた地にある。朽ちかけたような山門、本堂の壁も剥《は》がれかかり、まるで荒れ寺のような外観だ。

それでも、毎早朝には住職が朝のお勤めをしており、読経の声が聞こえてきた。

握り飯の朝餉《あさげ》を済ませたあとで、

「夏之介さま。どうなさるおつもりですか」

と、きいた。

「どうするとは？」

「いつまで阿久津《あくつ》村に関わるおつもりですか。おそらく、軍兵衛《ぐんべえ》はこの地を立ち去ったと思われます。早く、追ったほうがいいのではありませんか」

「多吉《たきち》やお染《そめ》さんを見捨てて立ち去ることなど出来ぬ」

夏之介はきっぱりと言う。

「お気持ちはわかります。なれど、我らは仇討《あだう》ちという悲願を抱えております。いつまでも、他人のことで……」

「小弥太」

夏之介は顔色を変えた。

「他人のことなど、どうでもいいと言うのか」

「いえ、そうではありません。ただ、我らにはやらねばならないことがあるのです。そのことを犠牲にしてまでやる必要があるのかと」

「小弥太の言葉とも思えぬ」

「…………」

「よいか。小弥太。この件に関わったのは天命だ。天が我らに、阿久津村の窮状を救うように命じたのだ。亡き父とて、阿久津村の危難を見捨てて仇《かたき》を討ったとしても喜ばれると思うか」

「はあ。ただ」

小弥太はなおも反論した。

「このことは、我らだけで立ち向かうにはとうてい無理があるのではないかと思います。もっと誰かの手を借りて」

「誰の手を借りると言うのだ。誰が村人に味方をして、領主である旗本古川文左衛門《ふるかわぶんざえもん》と闘うというのだ。そんな者はいやしない。こっちだって仙北藩《せんぼくはん》の人間だったら、立場上、旗本に敵対は出来なかった。幸い、今は禄を離れている。だから、出来ること」

「はあ」

「よいか。目の前にある人びとの苦しみを救うことこそ、仇討ちより大事だ」

夏之介はきっぱりと言い切った。

「わかりました。申し訳ございません。よけいなことを申しまして」

小弥太は明快な夏之介の言葉に改めて胸を熱くした。このお方のためなら、どこまでもついていくという気持ちにさせられる。

「そなたの言うこともわからぬではない。阿久津村をどうしようという力は我らにはない。ただ私は、ご老中に駕籠《か ご》訴《そ》する、その手助けをしてやりたいのだ。その結果がどうなるか、そこまでは我らが関知すべきことではない。あくまでも、駕籠訴までだ」

「はい」

そのとき、戸が叩《たた》かれた。

「入ります」

声と共に戸が開き、七三郎《しちさぶろう》が入ってきた。

「どうであった?」

夏之介は待ちかねたようにきいた。

「お染さんは陣屋の牢におりました」

「やはりそうか」

「直訴の手伝いをさせる侍を呼び寄せたり、陣屋に押し込んだ侍を手引きした嫌疑だそうです。我らは押込みとみなされております」

「なんだと、押込み？」

「はい。近隣の村役人や宿場の宿役人にも、手配書が出されるようです」

「ちくしょう」

小弥太は拳《こぶし》を握りしめた。

「それから、亀三《かめぞう》と松吉《まつきち》も陣屋の牢にいました」

「戻したのか」

夏之介は憤然と言い、

「多吉はどうしている？」

と、気になったようにきいた。

「毎日、陣屋に赴き、お染さんを解き放つように訴えています」

「多吉は捕まっていないのか」

「はい。家にいます」

「駕籠訴しようとしたことは陣屋のほうもわかっているはずだ。なぜ、多吉は無事なのか。まさか」

夏之介が顔色を変えた。

「お染さんが嘆願したからでしょうか」

小弥太もはっと気づいた。

「そうとしか考えられない。駕籠訴だ。五人組の連帯責任で、多吉の家族、五人組の仲間もみな捕らえられたと思っていた。お染さんは何かの条件を呑《の》まされたのかもしれない」

「なんでしょうか」

「あの器量だ。誰かの妾《めかけ》にされるのかもしれない」

夏之介はため息混じりに言う。

「多吉はそれに甘んじているのでしょうか」

小弥太は駕籠訴すると意気込んでいた多吉の姿を思いだしながら、

「多吉は亀三、松吉の命より駕籠訴を選んだはずなのに、お染さんは見捨てられなかったのですね」

と、忌《い》ま忌《い》ましげに言う。

「今の多吉には駕籠訴をしようとしたときの気概はないようです」

七三郎は蔑《さげす》むように言った。

「他に、江戸に向かおうという人間はいないのか」

夏之介が怒ったようにきく。

「おりません。みな、腰砕けのようです」

「そうか。もはや、駕籠訴どころではないか」

夏之介は多吉から預った訴状を懐から出した。

「こっちで渡して役に立つものなら駕籠訴でもなんでもしてやるが、村人が届けなければどうにもならぬ」

幕府の直轄の支配地ならば勘定奉行が代官を取り締まれるが、阿久津村は旗本の知行所である。駕籠訴しか、残された道はなかった。それさえも、不可能になった。

「それより、我らも気をつけないといけません。陣屋の依頼を受けて、宿役人も我らを探しています」

「ここまで調べには来ないだろう。それより、今後の手立てだ」

夏之介は腕組みをして思案した。

「もう一度、陣屋に忍び込みましょうか。お染さんを助ければ……」

小弥太は息張って言う。

「いや。今度はさらに警戒が厳しくなっているだろう。うまくいくとは思えない。それに、お染さんは逃げないかもしれぬ。もし、お染さんが逃げたら多吉たちが捕まるからだ」

夏之介は首を横に振った。

「では、もう打つ手はないということですか」

「うむ……」

夏之介は苦しそうに呻《うめ》いた。

村人の敗北だ。お染も敵に屈したのだ。

そして、我々も負けたのだと思った。この騒動に首を突っ込んだために、軍兵衛にかなりの後れをとった。

今さらながらに、軍兵衛の奸智《かんち》が腹立たしい。すっかり、軍兵衛の策略にはまってしまったのだ。

「何か手があるはずだ。何か手が……」

夏之介が瀬戸際で踏ん張るように言う。

何があるだろうか。もはや、八方塞《ふさ》がりとしか思えなかった。阿久津村の名主、組頭等、いわゆる村民の代表が郷代官やら村役人として領主側に取り込まれてしまっているのだ。そして、領主といっしょになって百姓から搾《しぼ》り取り、甘い汁を吸っている。

村民の味方であるはずの者たちが領主側についているのだ。どこにつけ入る隙《すき》があるというのか。

小弥太は絶望的になった。

「そうそう、『柊家《ひいらぎや》』を根城にしている博徒の親分丹五郎《たんごろう》と、飯盛旅籠《めしもりはたご》『大野屋《おおのや》』の亭主は兄弟だそうです」

思いだしたように、七三郎が言う。

「兄弟が宿場の裏稼業を取り仕切っているというわけか」

「そのようです」

「そのふたりと、阿久津村の名主の綱右衛門《つなえもん》がつるんでいるわけですね」

小弥太は呆《あき》れ返って言う。

「お染さんは、これからどうなるんでしょうか」

七三郎がため息混じりに続ける。

「誰かの妾にされるのを、このまま指をくわえてみていないといけないなんて、辛《つら》すぎます」

「ええ、なんとかしてやりたい」

小弥太は歯《は》噛《が》みをした。

「飯盛女に売られる寸前に、七三郎さんに助けてもらったというのに、また同じような目に……」

そう呟《つぶや》いたとき、小弥太はあっと声を上げた。

「どうした、何か思いついたか」

夏之介が身を乗り出してきく。

「確か、お染さんの父親の富蔵《とみぞう》さんがこんなことを言ってました」

小弥太は夏之介と七三郎の顔を交互に見て、

「郷代官になっている名主の綱右衛門は、『大野屋』の亭主と手を組み、食えなくなった村の若い女を飯盛女に送り込んでいると」

「へえ、年貢が高く、食えなくなった百姓家では娘を身売りしなければならない。そうさせるためにも、百姓から搾り取っているって話でした」

　七三郎が引き取って言う。

「このことを、領主の古川文左衛門は知っているのでしょうか」

　小弥太は疑問を投げかける。

「ひょっとして、古川文左衛門の与り知《あずか》らぬことではないでしょうか」

「なるほど。大名も旗本も、死なぬように生きぬようにと領地の百姓を搾れるだけ搾る。年貢を巻き上げるためだ。だが、女衒《ぜげん》の真似まではすまい」

「つまり、名主の綱右衛門が勝手にやっていることではありませんか。綱右衛門と『大野屋』の主人の癒着の証《あかし》を探り出し、古川文左衛門に訴え出たらいかがでしょうか。これは直訴でなく、綱右衛門の罪を暴くことですから、我らでも訴え出ることが出来るのではありませんか」

「なるほど」

　夏之介は声を上げてから、

「しかし、そんな証があるか」

と、慎重になった。

「『大野屋』に女を売買した証文があるはずです。それを手に入れれば」

七三郎が身を乗り出して言う。

「よし。他に手立てはない。そこを探ろう。小弥太」

「はい」

「さっそく、『大野屋』に客として行って来い」

「えっ？　私がですか」

小弥太は尻込みをした。

「そうだ。まず、様子を探らねばどうしようもあるまい」

「でも、女なら夏之介さまのほうが」

「ばか言え。私には国元で花江《はなえ》が待っている。そなたと七三郎のふたりが適任だ」

「はい。わかりました」

小弥太は渋々頷《うなず》いた。

国元では、夏之介に何度か女郎屋に連れて行かれたことがある。だが、女は苦手だった。特に手練手管に長《た》けた女はだめだった。

　しかし、自分が言い出しっぺであり、やるしかなかった。

「七三郎さんは別の飯盛旅籠がいい。商売仇のほうが、いろんな話をしてくれるだろう」

　夏之介は七三郎にも命じた。

「へえ。わかりました」

「さっそく今夜だ。近在の若者の振りをすればいい。百姓には見えないだろうから、どこかの豪商の奉公人か」

「古着屋で、着る物を探してきましょう」

　七三郎が出かけて行った。


　その夜、小弥太は紺の股引《ももひ》きに腹掛け。職人の格好で、戸塚宿のもっとも賑《にぎ》やかな問屋場のあるほうに向かった。

　飯盛旅籠『大野屋』の店先には着飾った女が並んでいる。格子越しに見る女たちに小弥太は目を見張った。

若い女が多かったからだ。土臭い女が多いのではないかというのは偏見だった。旅人らしい男が女を見繕い、店内に入って行った。

小弥太は目が合った小柄な女に決めた。寂しそうな目をした女だった。鼻筋は通っていて整った顔だちだが、他の女より歳はいってそうだった。

鼻が低く、扁平《へんぺい》な顔をした番頭に、あの女だと、伝えた。

「お孝《こう》って言います。いい女でございます」

小弥太は上気した顔で、番頭の話を聞いた。

花柄の木綿《もめん》の着物に赤い帯のお孝は、恥ずかしそうに小弥太の手をとって梯子《はしご》段を上がった。

とっつきの部屋に通された。四畳半の部屋に角行灯《かくあんどん》の灯が揺れ、朱色の鏡台や簞《たん》笥《す》が目に入った。

「お孝さんですか」

小弥太は畏《かしこ》まって声をかけた。

お孝は不思議そうな顔をした。

「何か……」

かえって、小弥太のほうがあわてた。名前を間違えたのかとも思った。

「丁寧に呼びかけられたので、驚いたんです。お兄さんの名前は？」

「公太《こうた》です」

用意しておいた名を口にする。

「公太さん？」

「ああ」

廊下から声がした。はいと返事をして、お孝が立ち上がる。

障子を開け、酒を受け取った。

部屋に戻り、お孝は銚子をつまんだ。

「さあ、どうぞ」

小弥太は盃《さかずき》を手にする。

「すまない」

ひと息に呑んでから、

「お孝さんも」

と、小弥太はお孝から銚子を受け取った。

「すみません」

お孝はまた不思議そうに小弥太を見る。

「何か？」

「いえ、公太さんは他の男のひとと違うから」

「違う？」

「みんな好色な目でしか女を見ないでしょう。まあ、そのためにこういうところに来ているんだから仕方ないけど」

「お孝さんはこの近くの出なのか」

小弥太はさりげなくきいた。

「ええ。近くよ」

「じゃあ、知った人間と顔を合わせることもあるんじゃ？」

「ええ、あるわ」

「いやじゃないのか」

「いやよ。でも、仕方ないわ。そのうち、他の宿場に売られるけど」

「売られる？」

「ここは若い娘しかいないでしょう。ある程度歳がいったら、遠い宿場に下げ渡されるわけ」

「そんなに若い娘が来るのか」

「ええ、貧しい村に生まれたら、身売りするしかないもの」

「どこの村なんだね」

「阿久津村よ」

「やはり、そうか」

「あら、阿久津村を知っているの？」

「ああ、知っている」

「どうして？」

「知り合いがいる。多吉って男だ」

「多吉さんの知り合いなの？」

お孝の顔色が変わった。

「ある事情で、知り合った。お孝さんはどうして知っているんだ？」

「狭い村ですもの。でも、多吉さんは私の亭主の友達だったから」

「亭主？　お孝さんは所帯を持っていたのか」

「ええ」

「それなのに、どうして？」

「さあ、どうぞ」

お孝が銚子を差し出す。

「ご亭主はどうした？」

「私を売った金を持って村を出たみたい。どこに行ったかわからないわ。きっと、どこかで野垂れ死んでるんでしょうよ」

お孝は険しい表情で言う。

「どうして村を出たんだ？」

「あの村にいたって、いいことは何もないからでしょう。それと、こんな近くで女房が体を売っているなんて耐えられなかったんでしょう」

お孝は手酌で酒を呑んだ。

「どうして、お孝さんは『大野屋』に？」

「年貢が払えず、借金が嵩《かさ》んだんですよ。借金を返す当てもなくって」

「借金って、誰から？」

「一本杉の重四郎《じゅうしろう》さんから」

「一本杉の重四郎？」

「余所《よそ》から移り住んだひとで、困っているひとにお金を貸しているの。阿久津村は年貢が高くてね。百姓はかすかすの暮しよ。でも、誰かが病気になったら、もういけない。そんなとき、重四郎さんが気前よくお金を貸してくれるんです。最初はみんな仏様のようなお方だと喜んでいたけど……」

「なるほど。返せなければ、身を売れか」

「はい。重四郎さんから金を借りた家の娘はみなここに売られて来るわ」

「そうか」

重四郎は名主の綱右衛門とつながっている。そのことは領主の古川文左衛門の知らないことに違いない。

「公太さん」

お孝が厳しい顔つきになった。

「あなたは、ただのお客さんじゃないわね。あなたは何者なの？」

「すまなかった。騙《だま》すようなことになって。じつは、私は小弥太という者です。私の旦那さまが、阿久津村のお染さんから直訴のことで……」

「待って」

お孝が制した。

立ち上がり、障子を開けて廊下を見る。

障子を閉めて戻った。

「で、直訴は？」

「だめだ」

小弥太は首を横に振った。

「でも、名主の綱右衛門の不正を暴けば、領主との仲を割《さ》くことが出来る。そう思い、ここにやってきたのです」

小弥太は声をひそめ、

「お孝さん。手を貸して欲しい」

「手を貸す？」

「そうです。阿久津村の人びとを助けたいのです」

「…………」

お孝は顔を横に向けた。

「お孝さん」

喜んでお手伝いします、という言葉が返って来るものとばかり思っていたので、お孝の態度は意外だった。

「小弥太さん。私はもう阿久津村とは縁のなくなった人間です。身寄りもいない。阿久津村がよくなろうがならなかろうが、私には関係ないわ」

「でも、多吉さんやお染さんら、知り合いがたくさんいるではないですか」

「こんな汚れた体の女を、誰も相手にしちゃくれませんよ」

お孝は自嘲《じちょう》ぎみに言う。

「去年、お染さんがここに売られる寸前だったのを知っていますか」

「えっ？」

お孝は意外そうな顔をして、

「お染さんが、ですか」

と、きき返した。

「そうです。そのとき、寸前で、あるお方に助けられたのです」

「そうですか……」

お孝は考え込んだ。

「お染さんは、今は陣屋に囚《とら》われの身になっています」

「囚われの身？　なぜ、ですか」

「我らを手引きし、直訴の加担をしたからです。このままでは、お染さんの身にどんな危険が襲いかかるかわかりません」

「…………」

「『大野屋』には阿久津村の娘を売買した証文があるはずです。その証文がどこに仕舞ってあるのか、そのことを調べてもらいたいのです。盗み出すのは、こっちでやります。ただ、どこに仕舞ってあるのか、そのことをなんとか探っていただきたいのです」

「そんな大胆なこと、私には無理です」

お孝は拒《こば》む。

「主人に、自分の証文を見せてくれと言えませんか。そのとき、主人がどこから出すのか見ていてくれれば」

お孝は首を横に振って俯《うつむ》いた。

小弥太は無理だと思った。

「お孝さん。すまなかった。今の話、忘れてください。ただ、私のことはお店に感づかれないように、ふつうの客のように接してください」

お孝は俯いたままじっとしていた。

二

翌日、夏之介と小弥太は饅頭笠《まんじゆうがさ》をかぶり、阿久津村への道を行った。

途中、高札場の辻を通る。高札が掲げられていた。

「あっ、夏之介さま。これを」

新しいお触れが記されていた。

「なに、よそ者と親しく交わることを禁ずだと。よそ者とは我らのことらしいな」

「はい」

「ますますやりにくくなったな」

夏之介は顔をしかめた。

そして、お染の家にやってきた。

「お邪魔する」

夏之介が戸を開けて奥に声をかけた。

「あっ、あなたさまは」

土間で藁《わら》を編んでいた父親の富蔵が憔悴《しょうすい》した顔を向けた。

「どうぞ、お入りを」

「いや。高札場に新しいお触れが出ていた。我らを中に入れては差し障りがあるのではないか」

「心配いりません。さあ、どうぞ」

「そうか。では、失礼する」

夏之介と小弥太は中に入った。

「その後、お染さんは？」

板敷きの間に腰を下ろし、夏之介がきいた。

「お染は陣屋に囚われたままです。陣屋に行っても、会わせてくれません」

「お染さんをどうするつもりなのだ?」

「三月十五日に江戸から古川さまのご家老戸田清兵衛《とだせいべえ》さまがやってきて、お裁きを下すと言われました」

「家老がやって来るのか」

夏之介が敏感に反応した。

「はい。年に何度か、やってきます」

「三月十五日か」

夏之介は小弥太に顔を向けた。

「そのときこそ、好機だ」

「はい」

小弥太は意気込んで応じた。

それまでに、名主の綱右衛門と『大野屋』の亭主とが不正に結びついている証を見つけ、家老に訴えるのだ。

「一本杉の重四郎について教えて欲しいのですが」

小弥太は富蔵に訊《たず》ねた。

「重四郎……」

富蔵は顔を歪《ゆが》めた。

「なんでも金貸しをしているとか」

「あの男は、もともとは村の人間ではありません。元は浪人です」

「浪人？」

「五年ぐらい前に村にやってきたんです。名主の世話で、旦那《だんな》寺の宗門帳に名を連ねることが出来、それから一本杉の傍《そば》に家を構え、住んでいます。もちろん、侍はやめました。三十半ばの男です」

「今、何をしているのですか」

「畑を耕していますが、たいした広さではありません。何をやっているのか、詳しくはわかりません」

「ひとに貸すほど金を持っているのですか」

「そこが不思議です。なぜ、そんなに金を持っているのかわかりません。年貢が払えない者がいると、親切ごかしに金を貸し続け、結局返せず、娘を売りに出すようになる。うちの場合もそうでした」

お染が『大野屋』に売られそうになったのも、重四郎から借りた金が返せなくなったからだと、富蔵は言った。

「ご承知のように、村には五人組の仕組みがあり、五戸での連帯責任が負わされています。その中の一戸が年貢を払えなければ、他の四戸で肩代わりしなければなりません。そういうことがあって、うちも苦しくなり、つい重四郎から金を借りてしまったのです」

「それで、お染さんを身売りする羽目に？」

「そうです。あのとき、名主の綱右衛門さまが、自分の妾になれば借金の肩代わりをすると言ってきましたが、お染はきっぱりと断りました」

「そうでしたか」

「七三郎さんに助けていただかなければ、お染は『大野屋』で働かされていました」

富蔵は目を剝《む》いて、

「それなのに、またこんなひどい目に……」

と、声を震わせた。

「富蔵さん。きっと、お染さんを助け出します」

「助けるって、どうするのですか」

富蔵はいらだったようにきく。

「へたに助け出しても、村にいられないようになったら、元も子もありません。私らはここを捨てたら生きて行く術《すべ》はないんです」

「………」

小弥太は返事に窮した。

夏之介もかける言葉を見出せずにいる。何を言っても、気休めにしか聞こえないに違いない。

三日後に、旗本古川文左衛門の家老戸田清兵衛がやってきて、お染の裁定を下す。駕籠訴を企てた罪であり、重い罪が下されるはずだ。

あるいは罪を減じる代わりに、再び綱右衛門の妾になることを強要されるか。

「多吉さんの家は隣でしたね」

小弥太は気を取り直してきいた。

「そうです。隣です」

夏之介と小弥太はお染の家を出た。

隣といっても、少し離れていた。どこかで、誰かが見つめているような気配がした。我らが村に入ったことは陣屋に筒抜けなのに違いない。

多吉の家の前に立つと、畑のほうから野良着の多吉がやってきた。

「多吉さん」

小弥太が声をかけた。

「畑にいたら、おふたりの姿が見えましたので」

「ちょうどよかった。少し、お話が」

と、小弥太は声をかけた。

「どうぞ」

多吉は首に巻いた手拭いを外し、土間に請《しょう》じた。

奥に誰かが寝ていた。

「親父です」

咳《せき》が聞こえる。

多吉は板敷きの間に上がった。

「どうぞ、お上がりください」

「いや、ここで」

夏之介は言い、

「さっそくだが、今、富蔵さんに会ってきた。三日後に、江戸から家老がやってきて、お染さんの裁定が下ることになっているそうだな」

「はい」

「どうする気だ？」

「どうするも何も……」

多吉は苦しそうに顔を歪めた。

「直訴は諦めたのか」

「お染さんが牢にいます」

「亀三と松吉も牢にいた。それでも、そなたは江戸に行こうとしたではないか」

「………」

「亀三と松吉より、お染さんの身のほうが大事か」

「あっしらが……」

　多吉は言いさした。

「どうした?」

「あっしらが直訴の罪で捕まらないのはお染さんの嘆願があるからだと、組頭の長《ちょう》兵衛《べえ》が言っていた。だから、あっしが妙な動きをしたら、お染さんは浪人たちになぶりものにされます」

「そう脅されたのか」

「そうです。浪人たちがお染を狙《ねら》っている、今は押さえつけているが、おめえが妙な真似をしたら、お染は浪人たちの餌食《えじき》になると、長兵衛が……」

「それで、もう直訴を諦めたのか」

「………」

「今諦めたら、一生このような暮しが続くのだ。よいのか」

　夏之介は叱咤《しった》する。

「どうしようもありません。所詮《しょせん》、あっしらには力がなかったんです」

「このままなら、お染さんはどうなるのだ?　家老がどのような裁定を下すと思っているのだ？」

「それは……」

「綱右衛門が妾にしようと狙っているそうではないか。よいのか、それで？」

多吉は膝に置いた拳を握りしめた。

「多吉、どうなのだ？」

「そのほうが、お染さんにはいいかもしれません。いい着物を着て、うまいものを食って、贅沢《ぜいたく》に暮らせる。そのほうがお染さんは仕合わせだ」

多吉は捨て鉢を言う。

「本気で、そう思っているのか。お染さんは、綱右衛門の妾になるより飯盛女のほうがいいと言ったそうではないか。おそらく、今度はお染さんは自害するかもしれぬ」

多吉ははっと顔を上げた。

「まさか」

「多吉。お染さんはそなたが動いてくれることを期待しているのではないか」

「……………」

「しっかりしろ」

「どうしたらいいんだ」

多吉は呻くように言う。

「諦めるな」

夏之介が叱りつけるように励ます。

「最後まで諦めるのではない」

「だって、見通しがあるんですか」

「ある。だから、望みを捨てるな。捨てたらおしまいだ」

「何をしたら？」

多吉の目に光が射した。

「一本杉の重四郎のことだ」

「重四郎……」

「あの男から金を借りている村人はかなりいるそうだな。その村人から借用証文を借りてきてもらいたい。もちろん、内密にだ」

「借用証文？」

「そうだ。特に、娘や女房を『大野屋』に売り飛ばした家のものが必要だ」

「いったい何を？」

「それは我らに任せてもらおう。何かあったら、そなたは、何も詳しいことを知らされずに、頼まれたことをしただけだと言えばいい」

「わかりました。やって、みます」

「くれぐれも村役人に悟られぬようにな」

「はい」

夏之介は出口に向かった。

「多吉さん。これからです」

励まして、小弥太は夏之介のあとを追った。

外に出ると、春の明るい陽射しが眩《まばゆ》い。

ふたりは一本杉を目指した。大きな杉の近くにこぢんまりした庵のような家があった。明らかに百姓家とは違う。

だが、横には小さな畑があった。

「ごめん」

夏之介が戸口で声をかけた。

奥から、鋭い目をした総髪の男が出てきた。眼光は鋭い。やはり、元侍の匂いは残っている。

「何かな」

落ち着いた声で言う。

「重四郎どのですか。私は矢萩《やはぎ》夏之介と申します。少し、よろしいでしょうか」

「そっちは？」

重四郎は冷たい目を小弥太に向けた。

「私の従者《じゅうしゃ》で、小弥太と申します」

「用があるなら早く言え。よそ者と交わるなというお触れが出ているのだ」

重四郎は突き放すように言う。

「重四郎どのは五年ほど前にこの村にやって来られたとのこと」

「それがどうした？」

「なぜ、侍をやめてまで、ここに住まわれたのか、そのわけに、とても心が引かれるのです」

「この村が気に入ったからだ。ほれ、ここから富士が見える。それ以外の何物でもない。そんなことをきいてどうするのだ」

「いえ。それはそうと、重四郎どのは分限者《ぶげんしゃ》とお聞きしました。出来ましたら、少し拝借願えないか、そのご相談に」

夏之介はずうずうしく言う。

「なに、金だと」

「はい。じつは飯盛女を買って散財してしまいましてね。その支払いに難儀をしています。国元に至急送金するよう文を出したのですが、届くまで時間がかかりますので」

「今、お触れの話をしたばかりだ。よそ者に金を貸すことなど出来ぬ。悪いが引き上げてくれ」

重四郎は蔑むように口元を歪めた。

「そこを曲げて」

「冗談ではない。とっと帰れ」

重四郎は家の中に引っ込んだ。

「重四郎どの」

夏之介は呼びかけたが、閉まった戸の向こうから応答はない。

「引き上げよう」

夏之介が踵《きびす》を返した。

「はい」

あわてて、小弥太も夏之介のあとを追う。

歩きだしたとき、前方から肥《ふと》った男がやってきた。組頭の長兵衛だ。人相の悪い男をふたり引き連れている。

長兵衛が行く手を遮《さえぎ》った。

「なんですか」

小弥太が前に出た。

「陣屋まで来てもらおう」

「招いてくれるのか。酒でも振る舞ってくれるか」

夏之介が笑いながら言う。

「ふざけるな。陣屋に押し入って、罪人を逃がした疑いだ」

「ほう、何の話か、いっこうにわからぬが」

　夏之介がとぼける。

「しらを切ってもだめだ。おまえたちの仕業だとわかっているのだ」

「まったく、心当たりはないな。誰かと勘違いしているようだな」

「なんだと？」

「こっちがやったと言うなら、その証を見せてもらおう」

「矢萩夏之介と小弥太だとわかっている。観念しろ」

「そうか。誰かが我らの名を騙《かた》ったようだな。誰から、名前を聞いた？」

「誰だっていい」

「よくはない。濡《ぬ》れ衣《ぎぬ》を着せられたんだ。名前を聞かせてもらおう」

「言う必要はない」

「武士に対して、あやふやな他人《ひと》の言葉だけで疑いをかけるのか。愚弄《ぐろう》するとは許せぬ」

　夏之介は刀の柄《つか》に手を当てた。

「なにをする」

長兵衛はあわてて後退《あとじさ》った。

「誰が、俺たちが陣屋に押し入ったと告げ口をしたのだ。さあ、教えてもらおう」

「…………」

「ひょっとして、戸塚宿の博徒の親分のところの人間から聞いたのではないのか。まさか、陣屋と博徒がつるんでいるとは思えぬが」

「違う」

「では、誰だ？」

「…………」

「返事がないのは証がないということだ。さあ、そこをどいてもらおう。どかぬと無礼討ちにする」

長兵衛は道を空けた。

その脇をすり抜けて行く。

「いつまでこの村にいるつもりだ。さっさとこの村から去《い》ね」

背後で、長兵衛が吠えるように叫んだ。

三

その日の夕方、七三郎が食糧を仕入れて戻ってきた。

米に味噌、惣菜や野菜などが風呂敷包みから出てきた。

「惣菜屋の前を通ったらうまそうでしたので」

「助かります」

小弥太はほっとしたように言う。

「さっそく使わせていただきます」

小弥太は米や味噌などを持って台所に向かった。

まず、米をとぎ、火をおこし、飯を炊く。それから、包丁を手にし、野菜を切る。

食事の支度は小さい頃からしていた。それに、夏之介にひもじい思いをさせてはならない。

旅籠に泊まれば、風呂に入り、飯も食え、ゆっくり休めるのに、逃亡者のように不自由な暮しを送らざるを得ない。

だが、夏之介は少しも苦に感じていないようだった。ひとのために尽くす。その性分は父親の夏右衛門《なつえもん》譲りだ。

夏右衛門がまさにそのようなひとだからこそ、小弥太一家の面倒を見、自分の子のように育ててくれたのだ。

またも、夏右衛門のことを思い出して、目頭が熱くなった。包丁を使う手を止めて、目頭を指の背で拭《ぬぐ》った。

「小弥太、どうした？」

いきなり、声をかけられてあわてた。夏之介がこっちを見ている。

「いえ、ちょっと目に染みて」

小弥太は言い訳をする。

「いつもすまんな」

夏之介の言葉に、胸が熱くなり、また涙が出そうになった。

「何を仰《おっしゃ》いますか。当然のことです」

竈《かまど》の火の按配《あんばい》を見ていて、一本杉の重四郎のことが脳裏を掠《かす》めた。なぜ、あの男は阿久津村に住み着いたのか。

五年ほど前にふらりとやってきて住みはじめたわけではあるまい。名主の綱右衛門が村民になれるように尽力したのはなぜか。

重四郎と軍兵衛が重なった。

仇持ちの軍兵衛は、旗本武藤伊織《むとういおり》の知行所に向かっているのだ。ひょっとして、重四郎も……。


夕餉の支度が出来、三人で飯を食った。

「小弥太。飯もうまいが、味噌汁がうまい」

夏之介は不出来な料理でも、いつもうまいと言って食べてくれる。温かい飯に、煮魚に天ぷら、おひたしと、夏之介も七三郎もうまそうに食べている。

夏之介は飯も味噌汁もお代わりをした。

小弥太はふたりが食い終わるのを待ちかねた。

一本杉の重四郎のことで、自分の考えを話したかったのだ。

なぜ、重四郎が阿久津村にやってきたのか。そのわけは、軍兵衛の場合と似ているのではないか。

軍兵衛は旗本武藤伊織の知行所に向かっている。そこで匿ってもらうためであろう。重四郎も同じではなかったのか。

夏之介が湯呑みを置くのを待ちきれずに、

「夏之介さま」

と、小弥太は思い切って口にした。

「なんだ？　急に大きな声を出して」

夏之介が眉根《まゆね》を寄せた。

「すみません。一本杉の重四郎のことで思いついたことがありまして」

「重四郎のこと？」

「はい。重四郎は元浪人です。その浪人がなぜ、阿久津村に住み着いたのでしょうか」

「風景が気に入ったと言っていたが、侍をやめて村に住み着いたのには深い事情があったはずだ」

夏之介は目を細めて言う。

「なぜ、重四郎が選んだのが阿久津村だったのでしょうか。他の村ではなく、阿久津村に。そのことで、軍兵衛のことを思いだしました」

「軍兵衛のこと？」

「はい。軍兵衛は京と大坂の中間にある武藤伊織の知行所の富永《とみなが》村に向かっています。つまり、そこでしばらく匿ってもらうつもりなのでしょう」

「そうか。重四郎は古川文左衛門の知行所だから阿久津村にやってきたというわけか」

夏之介が察して言う。

「はい。重四郎は古川文左衛門の周辺にいる人間で、何か不始末をしでかして江戸を追われたのではないでしょうか」

「そうかもしれぬな。それがわかれば、攻撃の手がつかめるかもしれぬ。小弥太、よいところに目をつけた」

夏之介は小弥太を讃《たた》えてから、

「七三郎さん。頼みがある」

と、真顔になった。

「なんですね」

「江戸に行ってもらいたい」

「江戸ですって？　ひょっとして重四郎のことを？」

「そうだ。調べてきてもらいたいのだ。重四郎の秘密が、相手を追及する手立てになるかもしれぬ」

「わかりました。行ってきます」

「すまない。江戸に引き返させることになるが」

「とんでもない。なんでもやりますぜ。おふたりをこんな面倒に巻き込んだのはあっしですからね。それに、江戸まで十里。一日で行けます」

七三郎は胸を叩くように請け合ってから、

「でも、どこを調べたらいいんですかえ」

と、きいた。

「古川文左衛門の周辺で、五年ほど前に失踪《しっそう》した人間がいないか、まずそのことを探るのだ。古川の屋敷の奉公人、出入りの商人、屋敷の近くの辻番所の番人など、手当たり次第に訊ねるのだ」

「古川文左衛門の屋敷がわからなければ、馬喰町《ばくろちよう》の『井筒屋《いづつや》』という旅籠の亭主にきけばわかるかもしれない」

「わかりました」

「いいえ、手づるはあります」

「重四郎と名主の綱右衛門、そして領主の古川文左衛門、さらに、飯盛旅籠『大野屋』の亭主、博徒の親分……。そこに必ず不正があるはずだ」

外で物音がした。

小弥太はすっくと立ち上がり、土間に下りた。

戸口まで行き、外の様子を窺《うかが》う。

戸が叩かれた。小弥太はつっかい棒を外した。

「島吉《とうきち》さん」

荒物屋の主人だ。

「たいへんだ。丹五郎の手下が浪人たちとともにここを襲撃します。さっき、『柊家』の様子を見に行ったら、刀や竹槍《たけやり》を持った連中が集まっていた」

「島吉さん。ほんとうか」

七三郎が土間に下りてきた。

「ああ。あの連中はずっと宿場を探していた。とうとう、ここを見つけたようだ」

「ちくしょう」

七三郎が吐き捨てる。

「早く逃げたほうがいい。ここで騒ぎになって、宿役人に目をつけられたら、あとが面倒だ」

「よし、支度だ」

夏之介が叫んだ。

「街道の裏道を江戸のほうに向かって行き、江戸方見付を過ぎると、大山への道があります。そこを大山のほうにしばらく行くと、庵のような廃屋があります。七三郎さん、覚えていないか」

「ああ、覚えている。大山の帰り、寄ったことがあった」

「そうだ。以前、行者が居を構えていたが、その後、まったく使われていない。今夜はそこで休んでくれ。明日、俺が新しい隠れ家を探して知らせに行く」

「すまない。島吉さん」

夏之介は礼を言う。

「いえ、これぐらいしか出来ませんで。じゃあ、あっしはこれで」

島吉が引き上げた。

「さあ、行くぞ」

夏之介が急《せ》かす。

「ちょっと待ってください」

小弥太はお櫃《ひつ》に残った飯を握り飯にした。惣菜の残りやお新香をいっしょに包み、肩にかつぐ。

「お待たせしました」

小弥太は灯を消して外に出た。

月影が射していて、明るい。山門に人影が現われた。

「しまった。裏だ」

裏のほうに走り、崩れた土塀を乗り越えて、三人は雑木林に下り立った。

境内から騒ぎ声がした。逃げたことに気づいたようだ。

「こっちです」

七三郎が先に立った。

街道裏の道を行く。宿場の建物の裏手だ。だいぶ走ってから、街道に出た。江戸方見付を過ぎていた。

「ここまで来ればだいじょうぶだろう」

夏之介が足を止めた。

小弥太も振り返った。戸塚宿の灯が輝いている。阿久津村のほうの上空を黒い雲が覆いはじめていた。

「風が出てきました。天気が崩れるかもしれません」

こんなに月影がさやかなのにと思ったが、雲の流れが早かった。

「さあ、行きましょう」

七三郎が急かした。

「よし」

街道をしばらく江戸方面に向かうと、大山道の道標が暗がりに立っていた。

「ここから大山道に入ります」

七三郎は大山道に足を向けた。

木立の上に月が出ていた。

ふと、国元で見た月を思いだした。まさか、途中で、こんな道草を食っているとは、夏之介の母親も許嫁《いいなずけ》の花江も想像もしていまい。

「もうそろそろです」

七三郎が足を緩めた。

「あっ、あそこに石仏があります。あの道を入ったところです」

細い道を曲がり、雑木林の中を行くと、闇の中に建物が見えてきた。

茅葺《かやぶ》きのこぢんまりした庵だ。だが、壁などは朽ちかけていた。

軋《きし》む扉を開けて、中に入る。むっとするような臭いだ。七三郎は提灯《ちょうちん》を出し、蠟《ろう》燭《そく》に火を点《つ》けた。

畳に黴《かび》が生えている。

「思ったより、傷みが激しいですね」

七三郎が気落ちしたように言う。

「なに、上等だ。陣屋の牢に囚われているお染さんを思えば、極楽だ」

夏之介が強がりを言う。

小弥太は裏に出た。井戸はあったが、水は涸《か》れていた。傍に小川が流れていたので、そこで水を汲み、畳を拭き、蜘蛛《くも》の巣をとった。

押し入れにふとんがあったが、やはり黴だらけで使いものにならなかった。

「宿場まで戻って、ふとんに代わるものを買ってきましょう」

小弥太が出て行こうとするのを、

「いい」

と、夏之介は引き止めた。

「でも」

「寒さは凌《しの》げる」

夏之介は小弥太に気を遣わせないように言う。

春とはいえ、夜は冷える。

「まあ、贅沢《ぜいたく》をいっても仕方ない。眠れる場所を探して、休もう」

夏之介は腰のものを外して言う。

小弥太も野宿よりはましだと思った。

「じゃあ、これでも呑んで」

七三郎が竹筒を取り出した。

「それは？」

小弥太がきく。

「酒か」

夏之介が声を弾《はず》ませた。

「碗があるか、探してきます」

小弥太は台所に立った。

棚に置いてあった碗はそれほど汚れていなかった。外に出て小川で洗い、碗を持って部屋に戻った。

大きな竹筒の酒は三つの碗を満たしてなくなった。

「では、いただくとしよう」

夏之介が碗に手を伸ばした。

「はい」

小弥太も碗を持った。

「こういうあばら家で呑む酒も乙なものよ」

　夏之介は心底楽しんでいるのだろうか。

「おふたりにはほんとうに申し訳ないことをしました。あっしがお声をかけたばかりに、こんな羽目に。八日も足止めさせてしまいました」

　そうか、戸塚宿に来てからそんなになるのか。あのまま順調に旅をしていたら、今頃は浜松辺りまで行っていただろう。それより、途中で、軍兵衛に追いついたかもしれない。そのことを考えると、小弥太は心がざわつく。

　だが、夏之介にはそんな焦《あせ》りはないようだった。はじめから、勝負は武藤伊織の知行所の富永村と覚悟をしていたのかもしれない。

「そんなことは気にするな。そなたのせいではない。いくら、そなたに頼まれようが、いやだったら断ることも出来たのだ」

「すみません」

「もう、よい。それより、そなたのことを詳しく聞きたい。話してもらえぬか」

「そうですね。酒の肴《さかな》に、つまらない話でも聞いていただきましょうか」

　七三郎は茶碗を口に運んでから、

「あっしも上州の水呑み百姓の子でしてね。口減らしのために、十歳のときに江戸は芝《しば》の商家に丁稚《でっち》奉公に上がりました。でも、さんざんこきつかわれ、番頭さんや手代からもいじめられ、僅《わず》か五年で店を飛び出しました。それからは、棒手振《ぼてふ》りや口入れ屋でみつけた普請《ふしん》の仕事などして裏長屋でなんとか生きていました。貧しく、苦しい、地獄のような日々を送っているあっしに生きる喜びを教えてくれたのが、同じ長屋に住んでいたおすみって女でした」

おすみという女の顔が脳裏を掠めたのか、七三郎の顔に赤みが差した。

「あの頃はとても仕合わせでした。小さくてもいい、自分の店を持ち、おすみと所帯を持つ。そのことを目指して、あっしもおすみも朝から晩まで働きました。そんなとき、おすみが病に罹《かか》ってしまったんです。無理がたたったんですかねえ。だんだん痩せていって、とうとう寝込んでしまいました。店を持とうと貯めた金は薬代に消え、そのあとは借金をして薬を買い求めましたが、それも長くは続きませんでした。あとは、薬を買う金もなく、黙って病が進むのを見ているしかなかった。臥《ふ》せって一年後に、おすみは死んでしまいました。おんぼろ長屋の暮しがいけなかったんです。もっと緑の多い静かな場所で養生すれば死なずにすんだかもしれません」

七三郎は嗚咽《おえつ》を堪《こら》え、

「おすみを失ったあっしに残されたのは借金だけです。金さえあれば、おすみは助かった。貧乏が憎い。生きる望みさえ奪われたあっしは大川に身を投げて、おすみのあとを追おうとしました。吾妻《あずま》橋の欄干《らんかん》から身を乗り出そうとしたとき、あっしの体を押さえつけたひとがいました。そのひとが、むささびの忠次《ちゅうじ》という異名を持つ盗人《ぬすっと》でした。事情を話すと、忠次さんはあっしの借金を肩代わりしてくれました。それから、あっしはむささびの忠次の子分になったんです」

「むささびの忠次は？」

「三年前に亡くなりました。病気でした。忠次親分のもうひとりの子分が島吉さんです。島吉さんは親分が亡くなると同時に足を洗いましたが、あっしは相変わらずこの稼業を……」

七三郎は自嘲ぎみに言い、

「でも、そのおかげでお染さんを助けることが出来たんです。お染さんに会ったとき、目を疑い、胸が締めつけられたようになりました。おすみが生き返って、目の前に現われたんじゃないかと。金がなくておすみには何もしてやれなかった。でも、今度は盗んだ金がありましたから」

七三郎は吐息をもらして、

「すいません。くだらねえ話におつきあいさせてしまって」

「いや。そなたの苦労に比べたら、私など……」

夏之介はやりきれないように答える。

「お察しするに、仇討ちのようでございますが」

「そうだ。父の仇討ちだ」

「そうでございますか。あっしがとんだ厄介ごとをお願いしたばかりに、道草を食わしてしまいました」

「いいえ、夏之介さまは亡くなった旦那さまと同じで、ひとさまの難儀を見捨てておけない性分なのです」

小弥太が口をはさむ。

「仇にはいつか巡り会える。だが、お染さんたちの危機は今、目の前にあるのだ。見過ごしには出来ぬ」

夏之介は悲壮な覚悟で言う。

「へえ。そのためにも、明日の早朝、江戸に出立します」

「うむ、頼んだ。重四郎はきっと何かをしでかし、江戸を追われた人間だ」

夏之介は七三郎に期待するように言った。

おやっ、と小弥太は耳をそばだてた。庇《ひさし》を打つ音がした。

「雨ですね」

さっきまで月が出ていたのに、天気は急変した。

四

翌朝も雨は降り続いていた。天井から水が垂れている。あちこちで、雨漏りがしていた。小弥太が目を覚ますと、七三郎が勝手口のほうで何かをしていた。

「七三郎さん、どうかしたのですか」

小弥太が声をかけた。

「あっ、起こしてしまいましたか。笠と蓑《みの》を探していたんです。雨がかなり降ってますんでね」

まだ、夜は明けきっていない。

「こんな雨の中を申し訳ありません」

小弥太はいたわった。

「とんでもない。今日中に江戸に着きたいですからね」

部屋のほうで物音がした。夏之介も起きてきた。

「雨がやんでからにすればいい」

「なあに、こんな雨、平気です」

「せめて小止みになるか、昼から出ればいい。なにも、今日中に江戸に着かなくてもいいではないか」

「いえ、時間がありません。こんな雨のために、予定を変えたくはありません。それに、ほれ、見つけました」

七三郎は桐油紙《とうゆし》の合羽《かっぱ》を手にして見せた。

「夏之介さまたちは、島吉さんが来るまでここでお過ごしください。島吉さんは約束を破るようなお方ではありません。必ず、やってきます」

「わかった。十分に気をつけて出かけられよ」

「はい。あっしは戻ったら島吉さんの家に顔を出し、おふたりの居場所を聞いてから駆けつけます」

「七三郎さん。握り飯を食べませんか」

「へえ。ありがとうございます。ですが、幸い、雨音が弱くなったような気がします。思い切って、今出立します」

七三郎は身繕いをして、戸口に立った。

「では、行ってきます」

「気をつけてな」

夏之介は声をかけた。

七三郎は雨の中を江戸に向かった。

部屋に戻った。だんだん、東の空は白みはじめたが、部屋の中は薄暗かった。

「軍兵衛の奴、今頃は悠々として浜松辺りの旅籠で温かい飯にありついているかもしれませんね」

小弥太はまたも愚痴が出た。

「今は軍兵衛のことは忘れろ」

夏之介がたしなめるように言う。

「すみません」

小弥太は素直に詫《わ》びた。

夏之介の言うように、今は阿久津村のことだけ考えればいいのだ。

夏之介が恐ろしい形相で、虚空を見つめていたのに気づいた。何か、策を思いついたのだろうか。

「夏之介さま」

小弥太は声をかける。

三度目にやっと、夏之介は我に返ったように顔を向けた。

「何をお考えでしたか」

「思い切って陣屋に乗り込んでみようと思ったのだ」

「陣屋に？」

「直にお染さんに会って事情を聞きたい。お染さんはどんな条件を呑まされたのか。

そして、ほんとうにそれでいいと思っているのか。そのことを確かめたい」

「わかりました。私が忍び込んでみます。いや、七三郎さんがやったようにやれば……」

七三郎のように身が軽ければ出来るだろうが、塀を乗り越えることが出来るか、ちょっと不安だ。しかし、やってやれないことはないと、自分に言い聞かせた。

「いや、私も行こう」

夏之介は言い、

「もし、お染さんを助け出せるものなら助け出したいが、果たしてお染さんにその気があるのか」

と、続けた。

「忍び込むのは今夜ですか」

「いや。昼間のほうが油断しているかもしれない。この雨が我らに味方をする」

陣屋に近付くには夜のほうが見張りの目に入らないだろうが、陣屋のほうの警護はいっそう厳しくなっているはずだ。その点、雨の昼間のほうが相手は油断しているかもしれない。

「でも、島吉さんが来ることになっていますが」

小弥太は島吉を気にした。

「来るのを待って出かけよう。もし、昼までに来なければ、置き手紙を残していく」

「わかりました」

その島吉は昼前にやってきた。

小弥太が窓の外を見ていると、饅頭笠に雨合羽の男が近付いてきた。前屈みになって歩いているので顔はよくわからなかったが、背格好は島吉に間違いなかった。

「島吉さんが見えました」

夏之介に声をかけ、小弥太は戸口まで出て行った。

「わざわざ、すみません」

小弥太は島吉を迎えた。

「ひどい降りです」

笠を外すと、頭も顔もびしょ濡れだった。雨合羽を通して雨が着物に染みている。

「こんなところで過ごさせて申し訳ありません」

島吉が詫びるように言う。

「とんでもない。おかげで助かりました」

「隠れ家を用意しました。助郷《すけごう》村の勘助《かんすけ》という男の家です。この勘助は無宿者で、村の若者に代わって助郷に出て暮らしております。二年前に、戸塚宿に流れ込んできました。助郷に割り当てられた村では、村の男に代わってこういう無宿人を助郷に送り込んでいます」

　宿場の問屋場では、宿場で用意している人足や馬が足りなければ、助郷の村々から人馬をかき集める。

　勘助は村の男に代わって助郷に出て、駄賃をもらって暮らしている。

「三十近いのですが、金が入れば飯盛女と博打ですってんてん、というどうしようもない男です。博打の負け金が払えなくて簀《す》巻《ま》きにされそうになったのを助けてやったことから、あっしには従順です。掘っ建て小屋に住んでいますが、身を隠すだけなら心配ないと思います」

「なにからなにまで」

　夏之介は改めて礼を言う。

「よしてくださいな。あっしは七三郎さんに恩義のある身です。七三郎さんから頼まれたことを果たすのはあっしの役目です」

「恩義というのは？」

夏之介がきく。

「ええ、まあ」

島吉は曖昧《あいまい》に言う。

答えたくないわけがあるのだろう。あえて、きく必要はなかった。

「ところで、七三郎さんは？」

「今朝、早く、江戸へ出立しました」

「江戸へ？　そうですか」

島吉は目を丸くしたが、

「では、先に行っていましょうか」

と、声をかけた。

「島吉さん。私たちはその前にやらねばならぬことがあるんです」

小弥太は厳しい顔になって言う。

「なんですね」

「これから陣屋に忍び込むのだ。牢内のお染さんに会ってきたい」

夏之介が答えた。

「陣屋にですか」

「ええ、今回は七三郎さんがいないので楽には忍び込めないでしょうが、どうしてもお染さんに会ってきたいのです」

「………」

「島吉さん。申し訳ない。それまで待ってもらえませんか。あるいは、場所を教えてもらえれば、そこまで我々だけで行きます」

島吉は困惑した顔を一変させ、

「わかりました。あっしがお手伝いをしましょう」

と、表情を引き締めて言った。

「手伝いって？」

「七三郎さんから陣屋のことは聞きました。失礼ですが、おふたりが忍び込むにはかなり辛《つら》いと思います」

「確かに、この前は七三郎さんがいたから忍び込めたと思います。しかし、今は七三郎さんはいません。我らだけで忍び込まないとならないのです」

「ですから、あっしが七三郎さんの代わりを務めましょう」

「島吉さん」

夏之介が改まった。

「どうして、そなたはそこまで七三郎どのに？」

島吉はまた迷っていたが、

「七三郎さんからお聞き及びかどうかわかりませんが、あっしは裏街道を歩く人間でした。あることがきっかけで足を洗うことになりましてね」

と、切り出した。

「七三郎さんから聞きました。むささびの忠次という親分が亡くなると同時に、島吉さんは足を洗ったと」

小弥太が言うと、島吉は意外そうな顔をして、

「そうですか。七三郎さんはそう言ってましたか」

と、目を細めた。

「違うのですか」

「ええ」

少し迷っていたが、

「あっしが足を洗おうとしたのは女が因《もと》ですよ。好きな女に堅気になってくれと泣かれましてね。ところが、むささびの忠次という親分は堅気になることを許してくれなかった。親分子分の縁を切るなら、おめえも女も殺すと脅されました」

七三郎からきいた忠次とはまったく別人のようだ。

「ほんとうは残虐な人間でした。七三郎さんが懸命に、あっしたちを許すよう親分に頼んでくれましたが、言うことを聞くような親分ではありません。すると、七三郎さんは、あっしたちに逃げるように言い、金までくれたんです。あとのことが心配でしたが、あっしは女といっしょに逃げました。でも、七三郎さんが追ってきました。親分にあっしたちを殺すように命じられてやってきたのだと思いました。あっしは覚悟を決めました。あっしはどうなっても構わない。だから、女だけは助けてくれと」

島吉は厳しい顔になって、

「そんとき、七三郎さんはこう言った。俺は、島吉さんを殺しに来たんじゃない。いい知らせを持ってきたと」

「いい知らせ？」

「なんだと思いますか」

「親分が死んだことですね」

小弥太は七三郎の話を思いだして答えた。島吉は忠次の病死をきっかけに足を洗ったと、七三郎は言っていた。

「そうです。親分は病死した。だから、もう何の心配もいらないと伝えに来てくれたのです」

「そうですか」

「でも、あの頑健そうな親分が病死など考えられません」

「まさか、七三郎さんが殺《や》ったと？」

「わかりません。でも、あっしはそうだと思ってます。あっしたちのことで、親分とは揉《も》めていましたからね。それに、ほんとうは七三郎さんも足を洗い、堅気になりたかったのです。親分が病死したんだったら、七三郎さんも足を洗えたはずです。でも、それをしなかった」

島吉は深くため息をついた。

「あっしが今のような暮しを送れるのは七三郎さんのおかげなんです」

「よく、わかった。しかし、堅気の島吉さんに盗人のような真似はさせられない」

夏之介がきっぱりと言う。

「でしたら、せめて塀を乗り越えるまでご案内させてくださいい」

島吉は強く訴える。

「夏之介さま。お言葉に甘えましょう。正直、我々ではあの塀を乗り越えるのは難しいと思います」

小弥太は正直に言う。

「島吉さん。やってくれますか」

「はい。喜んで」

「ありがたい」

思わぬことに、小弥太は喜んだ。

「ちょっと使えるものがあるか探してみます」

島吉は押し入れや物入れなどから縄や棍棒《こんぼう》などを探してきた。

それから一刻（約二時間）後、激しい雨が視界を遮り、見張りに見つからずに、夏之介たちは陣屋の裏手にやってきた。

刀を桐油紙に包み、その上に莚《むしろ》を巻き、それを小脇に抱えてきた。万が一に備え、夏之介も小弥太も百姓らしき格好をしていた。

木陰の雨の当たらないところに莚で巻いた刀を隠し、土蔵が見える塀の傍に行く。

島吉が先に棍棒をくくりつけた縄を投げ、塀の内側にある松の枝にうまく巻きつけた。引っ張って縄の張りを確かめてから、島吉は綱をよじ登った。雨で、何度かすべりそうになったが、難なく塀を乗り越えた。

島吉が縄を細工して作ってくれた輪に足先を入れ、夏之介がよじ登り、続いて小弥太が登った。

ふたりが塀の内側に下り立ったあと、

「あっしはここにおります」

島吉が声をひそめて言う。

母屋の雨戸は閉まっていて、警護の者はいなかった。真っ昼間の忍び込みは頭にないようだ。

中塀があったが、外塀より低いので、棒を立てかけ、そこに足をかけて容易に越えることが出来た。

雨戸も閉まっていて、見張りがいる様子もなかった。まったく油断している。

前回と同じように庭を伝い、いっきに仮牢の近くまで行く。見張り小屋の前にも見張りはいない。牢番は小屋の中に引っ込んでいるのだ。

激しく雨が打ちつけ、小屋の前の土はぬかるんでいた。

強い雨は夏之介たちに味方をした。見張り小屋の前を走り抜けても、気づかれなかった。ふたりは牢舎に入った。

薄暗い牢舎の格子の中を見る。女の姿が見えた。悄然《しょうぜん》としてうなだれている。

「お染さん」

格子に手をかけ、夏之介が小さく声をかける。

お染が気づき、膝《いざ》行り寄ってきた。

「矢萩さまではありませんか。どうなさったのですか」

お染がやつれた顔できく。ほつれ毛が口元にかかっていた。

「お染さんの様子を探りに来た」

「いけません。早く、引き上げてください」

「お染さん。何か取引をしたのではないか。どんな取引なのだ」

「私たちの企みは失敗したのです。すべて、陣屋のほうに筒抜けでした。私の責任です。私があのお侍に話したばかりに」

お染は苦しそうな声で言う。

あの侍とは軍兵衛のことだ。軍兵衛は、夏之介と小弥太を村の騒ぎに巻き込んで命を奪うべく、陣屋に密告したのだ。

「村のひとたちに罪を着せないためにも、私は村にやって来るご家老のどんな裁定にも従うつもりです」

「それでもいいのか。そんなことをしても、高い年貢に余分な口米をとられる状況はまったく変わらないではないか」

阿久津村の村民は領主の重税に加え、名主綱右衛門と一本杉の重四郎との謀《はかりごと》のために二重の苦痛を強いられている。

ふたりの話し合いを聞きながら、小弥太はずっと牢番の動きを見張っていた。もし気づかれたら、すぐに襲いかかって気絶させる体勢をとっていた。

「はい。それでも、多吉さんが処罰されるよりは……」

「綱右衛門がそう言ったのか」

「はい。多吉は直訴を企てた張本人だから打ち首にする、と脅されました。私が言いなりになりさえすれば、多吉さんの命は助かります。私の父と母の無事も約束してくれると」

「言いなりというと、お染さんはどうなるのだ？　まさか、綱右衛門の妾に？」

「いえ。おそらく、『大野屋』に」

「飯盛女か」

「はい。そうだと思います」

「それはおかしい。領主の家老がそんな裁定を下すはずがない」

「ご家老の許しを得て、実際の裁定は名主の綱右衛門さまがするようです。この前、組頭の長兵衛がそう言ってました。ですから、そうなるのは間違いないと思います」

　お染は諦めたような目をした。

「お染さんはそれでもいいのか」

「仕方ありません。去年、七三郎さんに助けていただきましたが、所詮、こうなる運命だったのです」

「多吉と別れるつもりか」

「もう、終わったのです。私のせいで、何もかもだめになったのです」

「それで多吉が納得すると思うか」

「そうしなければ、多吉さんは殺されてしまうのです。こっちから無理にお願いしておきながら、こんなことを言うのは申し訳ありませんが、どうか私たちのことはこのまま忘れてください」

「お染さん」

「どうか、見つからぬうちに引き上げてください」

お染は頑《かたく》なに言った。

見張り小屋にいる牢番が立ち上がった。

「夏之介さま」

小弥太は声をかける。

夏之介は勢いよく外に飛び出した。小弥太も続く。雨の中を塀まで走った。

五

夕方になって、やっと雨が止んだ。

戸塚宿に近い助郷村に、勘助を訪ねた。島吉は掘っ建て小屋と言っていたが、勘助は暇に飽かせて修繕をしていったので、そこそこの住まいになっていた。

「勘助。頼んだ」

島吉は勘助に言う。

「任しておいてくだせえ」

図体の大きな勘助がのんびりした声で答える。

「すまないが、厄介になる」

夏之介が声をかけた。

「へえ。どうぞ。遠慮せずにお使いくだせえ。ふとんはあります」

「勘助さん、どうしてふとんが余分にあるんです」

小弥太は不思議に思ってきく。

「半年ほど前まで、もうひとり、男がときたまここに泊まっていたんです。あちこち遠出をするので、定まった家を持っていない奴でしてね。そいつが、この土地にやってきたときには泊めてやっていたんです。そいつが、自分のふとんなどを買ってここに置いて行ったんです」

「では、その男がやって来るかもしれませんね」

小弥太は心配してきく。

「いえ、きません」

「今はどこか遠いところに行っているんですか」

「ええ、遠いところ。ずっと遠いところです。もう帰ってきません」

「ひょっとして亡くなった？」

「ええ。去年の夏です。宿場外れで、心の臓や腹を刺されて死んでいました。賭場で何かの揉め事に巻き込まれたんでしょう。博打で勝ったのか、かなりの金を持っていましたから」

「そうですか」

「ですから、遠慮なく使ってくだせえ」

「わかりました」

「あっしはこれから出かけてきます。帰りは明日の朝になります」

島吉の話では、女と博打に目がないということだった。飯盛女を買いに行くのか、それとも賭場か。

「お侍さん、竈や釜などありますから、飯は自分で炊いてくれますかえ。野菜、お新香なんかもありますから勝手に食べてくだせえ」

「わかった。勝手にやらせていただく」

「じゃあ、あっしは出かけてきます」

勘助は出て行った。

「飯盛女のところで一晩過ごすんですかね」

小弥太は言いながら、先日敵娼《あいかた》になったお孝に思いを馳《は》せた。亭主が多吉の友達だったという。

証文のありかを調べておいて欲しいと頼んだままだ。

「どうした？　何を考え込んでいるのだ？」

「『大野屋』のお孝に証文のありかを頼んでいたことを思いだしたのですが、もうそんな必要もないのかと」

証文の隠し場所を探すように頼んでみたが、その場所がわかったとして、七三郎が行かねば盗むことは無理だ。それに、阿久津村からやってきた女たちの証文を手に入れたところで、どれほどの役に立つかわからない。

多吉にも、一本杉の重四郎に金を借りた家々から借用証文を集めておくように頼んだが、どこまで集められるか疑問だ。すでに破棄しているかもしれない。

「そうだな」

夏之介は落胆したように頷《うなず》いた。

「夏之介さま。江戸から家老の戸田清兵衛がやってくるまであと二日しかありません。七三郎さんが仮に何かを摑《つか》んできてくれたとしても、名主の綱右衛門と家老の間に楔《くさび》を打ち込む証を見つけ出せるとは思えません」

小弥太は絶望的な声を出した。

「小弥太、諦めてはならない。最後の最後まで諦めるな。最後まで手を尽くすのだ」

夏之介は自分自身に言い聞かせているのだと思った。それだけ、もはや事態は追い込まれているのだ。

無駄でも、やらねばならない。そう思った。

そのとき、誰かが近付いて来る気配に、小弥太ははっとして夏之介と顔を見合わせた。小弥太は素早く立ち上がり、小窓から外を見た。

暗がりを近付いて来るのは勘助だった。

「勘助です」

小弥太は夏之介に言う。

「何かあったのか」

夏之介も刀を掴んだ。

小弥太は勘助の背後を見る。暗闇の奥に人影はない。

戸が開いて、勘助の顔が現われた。

「勘助、何があったのだ」

いきなり、夏之介が問うた。

「驚かさないでくだせえ。これ」

勘助が徳利を差し出した。

「酒か」

「へえ、さっき、島吉さんに頼まれていたのを忘れていたんです。酒屋の前を通ったので、買ってきました。いえ、代金は島吉さんから預ってます」

「そうか。わざわざ、持ってきてくれたのか」

「へえ。じゃあ、あっしはこれで」

「待ってくれ」

小弥太は呼び止めた。

「夏之介さま。これから、お孝さんに会ってきます。お孝さんに、証文の件は忘れてくれと伝えてきたいのです。勘助さんといっしょなら怪しまれずに宿場に入れます」

「わかった。行って来い」

「はい」

小弥太は改めて勘助に向かい、

「勘助さんの着るものを貸してもらいたい。宿場まで行きたいんだ」

半刻（約一時間）後、小弥太は勘助といっしょに宿場に入った。

相変わらず、宿場は賑《にぎ》わい、遅くなって到着した旅人の姿が見られた。

「勘助さん。私は『大野屋』に行く」

「あっしの馴染みは別な旅籠なので」

小弥太は勘助と途中で別れ、ひとりになった。近在の若者という風体《ふうてい》だし、小弥太の顔を覚えている人間はいないはずだ。そう思っても、絶えず周囲に目を配りながら、賑わっている宿場の通りを『大野屋』に向かった。

旅籠の通りに面した店先の格子の中の部屋で、着飾った女たちが客待ちをしている。小弥太は店に入り、お孝の名を扁平な顔の番頭に告げた。

お孝が出てきて、小弥太の手をとって梯子段を上がる。

部屋に入るなり、

「ごめんなさい。まだ、わからないの」

と、お孝は謝った。

「いや、いいんです。その件は忘れてください。きょうは、そのことを言いに来たのです」

「えっ？　もういいんですか」

お孝は不審そうな顔をした。

「別の方法があるので」

小弥太は曖昧に言う。他に何の手立てがあるわけでもなかった。だが、お孝を安心させるために、

「ここで働いている阿久津村出身の女の名前を教えてもらいたい」

「はい。紙に書きますか」

「いや、あとで不審に思われたらまずい。頭に入れておきます」

「そうですか。では、お冨《とみ》ちゃん、お新《しん》ちゃん、お楽《らく》ちゃん……」

小弥太は頭に叩き込んだ。全員で八名だった。

廊下で声がした。

お孝が立ち上がった。

酒を持って部屋に戻る。

「さあ、どうぞ」

小弥太は盃を持った。

「お染さんが今度、ここに売られてくるようです」

苦い酒を呑んで言う。

「お染さんがここに？」

お孝は不思議そうな顔をした。

「どうしました？」

「きのう、ご主人に証文のことをきこうとしたのです。そしたら、その前に、今度、阿久津村からおりんという娘が来るから面倒をみてやってくれと言われました。お染さんの話は出ませんでした」

「…………」

「私はここに長くいるので、新しい娘が入って来ると、世話係をさせられます。ですから、必ず私には、新しく入って来る娘のことを話してくれます。去年、お染さんがここに売られて来る寸前だったと仰いましたが、そのときも、お染さんの話はありませんでした」

「なかった？」

小弥太は小首をかしげた。

一刻後、小弥太はお孝の部屋を出た。

廊下に出たとき、少し先の部屋に入って行った男を見て、心の臓の鼓動が激しく鳴った。新谷軍兵衛かと思ったのだ。

だが、そんなはずはないと、すぐに思い直した。軍兵衛がまだこの宿場にいるはずはない。

小弥太は『大野屋』を出た。通りはもう人通りも絶えている。

裏通りに入り、いっきに走った。

勘助の住まいに帰ったとき、戸を開ける音で夏之介が目を覚ました。

「起こしてしまいましたか」

「いや、ご苦労であった。お孝という女には何も災いはなかったか」

「はい。だいじょうぶでした。ただ、ちょっと妙なことを言っていました」

「妙なこと?」

「はい。お孝さんは、お染さんが『大野屋』にやって来るというのは何かの間違いではないかと」

「どういうことだ」

「お孝さんは新しく入って来る娘の世話係をさせられているそうです。だから、前もって誰々が入るというのを教えられるそうです。ですが、お染さんのことは一切聞いていないそうです」

「お染さんは飯盛女として売られるのではないのか。では、やはり綱右衛門の妾にされるのだろうか」

「でも、お染さんはそのようなことは言ってませんでした」

「どういうことだ」

夏之介は腕組みをした。

「お染さんが偽りを口にしたのか」

「まさか、お染さんがそのようなことを？」

小弥太は異を唱えた。

「口止めされていたのかもしれない」

「なぜでしょうか。仮に、口止めされていたとしても、我らに隠す必要はないと思いますが……」

「そうなのだが」

夏之介も顔を歪めた。

「それにしても、お染さんの気持ちがあっさり変わったことが解せません。我らの手を借り、駕籠訴《かごそ》を試みようとしていたではありませんか。あの激しい思いはどこに行ってしまったのか」

小弥太はやりきれなかった。

「それほど、陣屋のほうの仕打ちが過酷なものだったのかもしれない。駕籠訴をしようとした多吉、それに与《くみ》した者。また、それぞれの五人組の仲間などを含めたら、かなりの数の縄付きになる。浪人たちを使って全員、殺すとでも脅されたのであろう」

「村人を助けるために名主の綱右衛門の命を受け入れたとしたら、お染さんは人身《ひとみ》御供《ごくう》になるのと同じです。こんなことが許せるでしょうか」

「許せぬ。決して許してはならぬ」

夏之介は血を吐き出すような激しい思いで、

「今は禄を得ていないとはいえ、私は仙北藩士だ。まったくの浪人であり、また、仇討ちの旅の途次でなければ、私は陣屋に斬り込み、奸物《かんぶつ》らを退治したものを。それが出来ないのが口惜しい」

「私も同じ思いです」

名主綱右衛門、組頭の長兵衛ら村役人、一本杉の重四郎らを叩っ斬り、領主の旗本古川文左衛門の過酷な圧政を公儀に知らしめたい。

夏之介と小弥太のふたりで、そこまでやるのは可能だ。だが、ふたりもただではすまない。

仇討ちも諦めなければならない。仙北藩における矢萩家も断絶だ。

五体を引き裂かれそうな痛みに耐えるように、夏之介と小弥太は唇を噛みしめていた。

第四章　お染の覚悟

一

まんじりともしないまま夜が明けた。

外に出ると、陽光が眩《まぶ》しかった。きのうとは一転して朝から青空が広がっていた。

小屋の裏手に小川が流れていた。そこで顔を洗う。川の水は冷たかった。

ゆうべはあれから今後の手立てを考えたが、やはり当初考えたように、名主の綱《つな》右衛門《えもん》ら村三役が、一本杉の重四郎《じゅうしろう》や飯盛旅籠《めしもりはたご》『大野屋《おおのや》』の主人とぐるになって村の娘を食い物にしている実情を家老の戸田清兵衛《とだせいべえ》に訴え、両者を仲違いさせる。それ以外に方法はないという考えに落ち着いた。

お冨《とみ》、お新《しん》、お楽《らく》ら、阿久津《あくつ》村から『大野屋』に売られてきた女の名前は忘れないように紙に控えた。

その紙を持って、小弥太《こやた》は夏之介《なつのすけ》とともに阿久津村に向かった。畑に百姓が出ていて、農作業をしている。

春の陽射しを受け、のどかな風景に見えるが、村人の顔は誰も暗かった。多吉《たきち》の家に向かう。畑の中にいた男が作業を中断してやってきた。多吉だ。

「どうでしたか」

小弥太はきいた。

一本杉の重四郎から金を借りた村人を訪ね、借用証文を借りてくるように頼んだのだ。

「だめでした」

多吉は首を横に振った。

「だめ？」

「はい。誰も持っていません。重四郎が、返済と同時に目の前で破いたそうです」

「破いた？」

夏之介は憤然とし、

「証《あかし》を残さぬようにしたか」

と、ため息をついた。

「この中に、重四郎から金を借りた家は何軒ありますか」

小弥太は『大野屋』に売られてきた女の名前の一覧を見せた。

「全員です」

多吉は答えた。

「すみません。あなた方と話していることがわかると、また村役人がやってきて何かと言われますので」

多吉は尻込みした。

「多吉さん。訴状はまだ預っています。もし、江戸に行くなら、お手伝いしますよ」

「そんなことをしたら、ただじゃすみません」

多吉は語気荒く言う。

「あの連中のやり方はわかっているのです。直訴に関わった者たちに近しい者を、浪人を使って殺すはずです」

「村に浪人たちを住まわせてはいけないはずでは？」

小弥太が疑問を口にする。

「領主の家来という名目で陣屋にいますから」

「そこまでわかっていて、手をこまねいているつもりですか」

「仕方ありません」

「家老の戸田清兵衛が来るのでしょう。戸田どのに訴えたらどうですか」

「だって、あの戸田って家老が名主を郷代官に任命して、高い年貢をとっているんですからね」

「名主と飯盛旅籠『大野屋』との癒着は、家老の与《あずか》り知らぬことかもしれない」

小弥太は説得する。

「私らは圧政に対して訴えようとしたんです。すみません。畑仕事がありますから。どうぞ、もう私たちに関わらず、この地からお離れください」

「…………」

小弥太は唖《あ》然《ぜん》として返す言葉を失った。

「待て、多吉」

立ち去る多吉を、夏之介が呼び止めた。

「そなた、きのうか今日の朝、お染《そめ》さんに会ったな」

多吉は立ち止まったが、背中を向けたままだ。

「牢内にいる者と会うことは許されているのか」

多吉は振り向いた。

「もう、二度とお染さんと会うことはないでしょう。失礼します」

頭を下げて、多吉は去って行った。

「お染さんに何か言われたのだ。もう、多吉には駕籠訴《かごそ》をしようとした意気地はない。この村は今後も何も変わらない」

夏之介は嘆くように言ったあとで、

「だが、村の娘たちを飯盛女に売り飛ばす名主や重四郎たちを許してはおけぬ。このことだけでも、我らの手で暴く」

と、激しく吐き出した。

「小弥太」

「はい」

「重四郎のところに行く」

温厚な夏之介が激しい声で言った。

一本杉を目指した。重四郎の姿が家の前に見えた。こっちを見ていた。

近付くのを待って、

「まだ、この地におったのか」

と、重四郎は皮肉そうに口元を歪《ゆが》めた。

「ちょっとお伺いしたいのですが、あなたは村人にお金を貸していましたが、望めば誰にでも貸したのですか」

夏之介がきく。

「何を言うかと思えば。そなたには関わりのないことではないか」

「『大野屋』に身売りをしたお冨、お新、お楽ら八人の家族以外にも、つまり、娘のいない家にもお金を貸したのですか」

「そのようなことに答える筋はない」

重四郎は突き放すように言う。

「この八人に金を貸したのは間違いないのですね」

「くどい。帰らぬと、村役人を呼ぶぞ」

「そんなに、そのことをきかれるのはいやですか。何か困ることでも」

「なんだと」

重四郎が顔色を変えた。

「それから、あなたはどうしてそんなに金を持っていたのですか。どこかで稼いできたのですか、それとも村人に貸した金は他から出ているのですか」

「きさま」

重四郎の頬が痙攣《けいれん》した。

夏之介はわざと重四郎を怒らせているのだ。

「何か答えられない事情がおありのようですね。わかりました。答えられないなら結構です」

「きさま、ひとを愚弄《ぐろう》しおって」

「愚弄などしていません。ただ、気になっていたことをお訊《たず》ねしただけ。まさか、あなたがこれほどお怒りになるとは思ってもいませんでした」

夏之介は平然と答える。

「わかった。教えてやるから、夕方、鎮守の森に来い」

「鎮守の森」

「村の北の外れにある」

「夕方ですね」

「そうだ」

「わかりました。では、また、あとで」

夏之介は別れの会釈をしたあとで、

「そうそう、家老の戸田清兵衛どのが陣屋に来られるそうですね」

と、口にした。

重四郎は何も答えず、じっと睨《にら》み据えていた。

夏之介は踵《きびす》を返した。小弥太もあとを追う。

しばらく行ったあとで振り返る。まだ、重四郎はこっちを見ていた。

「夏之介さま。家の中に誰かいたようでしたが」

小弥太がひとの気配があったことを口にした。

「気がついたか。うむ。何者かがじっとこっちを見ていた。おそらく、村役人の誰かであろう。さしずめ、組頭の長兵衛《ちょうべえ》か」

夏之介は不快そうに顔をしかめる。

「重四郎を怒らせて、我らを襲わせるのですか。鎮守の森で我らを待ち構えているのではありませんか」

「そうだ。それがこっちの狙《ねら》いだ。襲ってきた奴を捕らえ、口を割らす。もはや、それしか手立てはない。小弥太、頼むぞ」

「わかりました」


いったん、勘助《かんすけ》の小屋に戻った。

勘助が帰っていた。

「どちらに行ってらしたんですかえ」

「ちょっとな。また、夕方に出かける」

「そうですかえ。あっしはこれから問屋場に行かなくてはなりませんので、すいませんが、勝手にやってくだせえ」

「うむ。いろいろ、すまない」

「いえ。じゃあ、あっしは出かけますんで」

勘助は出かけて行った。

「忙しい男ですね」

小弥太は苦笑する。

「ああ。でも、助かる」

「はい」

夏之助は厳しい顔になって、刀の目釘《めくぎ》を確かめる。小弥太も刀を抜いた。

「この前、陣屋にいた浪人たちが、また相手になるんでしょうね」

「そうだ。今度は頭分の者を捕まえ、口を割らすのだ。なるたけなら殺したくはないが、場合によっては止むを得ぬかもしれぬな」

「極力、殺さないようにします」

夕方になって、小屋を出た。

西陽が射している。畑に百姓の姿が見える。こんもりとしたところが鎮守の森だ。

ふたりは足早になった。

木立に囲まれて八幡《はちまん》神社があった。鳥居をくぐり、社殿に向かう。人気はなく、ひっそりとしている。

「夏之助さま、あそこ」

社殿の横にある祠《ほこら》の傍《そば》に、重四郎が立っていた。

ふたりはそこに向かう。近付くと、重四郎は逃げるように歩きだした。

「仲間のいるほうに誘《おび》き寄せるつもりのようですね」

「うむ。小弥太、行くぞ」

「はい」

深呼吸をし、小弥太は夏之介とともに重四郎を追って鬱蒼《うっそう》とした木立の中に足を踏み入れた。

木漏れ日が微《かす》かに射すだけで、薄暗い。やがて、広くなっている場所で、重四郎は立ち止まった。

「恐れずに、よく来た」

重四郎が勝ち誇ったように言う。

「どんな趣向が待っているのだ」

夏之介が声をかける。

「そなたたちは目障りだ。村を出て二度と来ないと約束するならよし、さもなければ、死んでもらう」

「村を出て行くつもりはない」

「ならば、死んでもらおう」

「待て。昼間の約束はどうした？　そなたが村人に貸した金はどこから出ているのか、教えてもらおう」

「俺の金だ」

「そんなに持っていたのか。どこで稼いだのだ」

「そなたには関わりない」

「では、もうひとつ。なぜ、この村に住み着いた？　古川文左衛門との関わりだろうが、なぜ……」

「これ以上話すことはない。それ」

重四郎が合図をすると、樹の陰から五人の浪人が現われた。

「陣屋に送り込まれた御仁たちか」

夏之介が呼びかけた。

「そう言えば、見た顔だ。そうそう、神奈川宿《かながわじゆく》で追い越した、飯盛女の話をしていた者たちだな。陣屋に行く途中だったんだな」

「陣屋とは関係ない」

「重四郎どのは陣屋と深い関わりがあるようですな」

「やってくれ」

重四郎が叫ぶと、浪人たちはいっせいに刀を抜いた。

「小弥太。抜かるな」

夏之介も抜刀した。

「私は左側の三人を相手にします」

「よし、俺はこっちのふたりだ」

そう言うや否や、夏之介はふたりの浪人のほうに移動した。

小弥太は三人と対峙《たいじ》するように位置を変えた。

「命はもらった」

くすんだ顔色の浪人が上段から斬りつけた。小弥太は腰を落とし、突進するように相手の懐目掛けて飛び込む。正面から襲いかかった剣を鎬《しのぎ》で受けとめる。鍔迫《つばぜ》り合いから、さっと後ろに飛び退《の》いた。

態勢を立て直し、裂帛《れっぱく》の気合で打ち込んできた。小弥太も迎え撃つ。激しい剣の応酬から再び両者は離れた。

休むことなく、相手はむきになって猛然と突っ込んできた。小弥太は踏み込んで相手の剣を受けとめるや、すぐに剣を横に流す。

弾《はず》みのついた相手の体が前のめりになった。すかさず、小弥太は峰に返して相手の肩を打ちつける。

さらに、横から斬り込んできた相手の剣を弾《はじ》き、相手の二の腕を斬る。三人目の浪人にはこっちから仕掛けた。

踏み込んで脾腹《ひばら》を打ちつける。相手は呻《うめ》いてくずおれた。

夏之介の前にも浪人がふたりうずくまって呻いていた。

「どうした？　もうかかってこないのか」

夏之介が声をかける。

「頭分は誰だ？」

夏之介が五人を睨《ね》めまわす。重四郎の姿はもうなかった。

「そなたか」

一番の年長らしい髭面《ひげづら》の浪人に声をかけた。夏之介に肩を強く叩《たた》かれたのか、苦しそうに呻いている。

「斬れ」

浪人は苦しそうに叫ぶ。

「教えてもらいたいことがある。重四郎から直に頼まれたのか。それとも、別の人間か」

夏之介がきく。

「…………」

「こうなってはもはや陣屋にも戻れまい。話せ」

夏之介は説き伏せる。

「一本杉の重四郎に義理立てする必要はあるまい」

「郷代官の名主の綱右衛門からだ」

浪人は顔を歪ませて言った。

「重四郎が綱右衛門に頼み、綱右衛門からそなたたちに命令がいったのだな」

「そうだ」

浪人は口惜しそうに言う。

「阿久津村にやってきたのは誰に呼ばれたのだ？」

「………」

「もう、そなたは陣屋から見捨てられたはず。言っても、差し支えなかろう」

「我らの用は済んだ。もとより、陣屋に戻らぬ」

「用が済んだ？　ならば、なおさら話せるはずだ」

浪人は苦しそうに顔を歪めて、

「江戸の口入れ屋からだ」

と、観念したように答えた。

「口入れ屋？」

「そうだ。戸塚宿《とつかじゅく》近郷の阿久津村で暴動が起ころうとしている。その鎮圧のために、浪人を集めているという。一日一両だというので乗ったのだ」

「ずっと陣屋に寝泊まりをしていたのか」

「そうだ」

「陣屋では何を命じられた？」

「暴動を起こした者たちを全員殺すことだ」

「いつまでの仕事だ？」

「暴動の件は収まった。もう、終りだ。この仕事は余分だった」

「よし。早く、手当をすれば、また剣を持てるようになる」

夏之介は刀を鞘《さや》に納めた。

「他の浪人は逃げました」

小弥太は言う。

「仲間を置いて逃げたか。小弥太。この者の傷の手当を」

「はい」

小弥太が持っていた薬を渡そうとすると、

「いい」

と、浪人は手を振り払った。

「俺に構わず行け。負けた相手の情けは受けぬ」

「そうか。わかった。では、我らは引き上げる。我らに遺恨を持たれても困る。襲ってきたのはそなたたちだからな」

夏之介はうずくまっている浪人を残し、その場から引き上げた。

「駕籠訴の騒動はほぼ鎮まったと、陣屋でも考えているようですね」

小弥太はやりきれないように言う。

「家老がやってきて、完全に終わったことになるのだろう。だが、そうはさせぬ。せめて、綱右衛門が重四郎や『大野屋』とつるんで私腹を肥やしていることを、家老に訴えてやる」

夏之介は勇んで言う。

いよいよ、明日、家老がやって来るのだ。

「これから『大野屋』の主人に会って問い詰める」

夏之介は厳しい表情で言った。

二

それから一刻（約二時間）後、夏之介と小弥太は戸塚宿の飯盛旅籠『大野屋』にやってきた。

すっかり夜になり、旅人の多くは旅籠に落ち着いたらしく、飯盛旅籠の張見世の前にいるのは近在の男ばかりだ。

「いらっしゃい」

扁平《へんぺい》な顔の番頭が迎えた。

「いや。客ではない。ご亭主に会いたい」

夏之介は番頭に言う。

番頭が小弥太を見て怪訝《けげん》そうに眉根《まゆね》を寄せた。二度、顔を合わせているが、すぐには思いだせないようだ。

「どんな御用でございましょうか」

番頭が夏之介に顔をもどしてきいた。

「阿久津村のお染《そめ》さんという娘のことだと言えばわかる」

「お染……。少々、お待ちを」

番頭は帳場に消えた。

待つまでもない。すぐに戻ってきた番頭は、

「どうぞ、こちらに」

と、上がるように勧めた。

「では、失礼する」

刀を腰から外し、夏之助と小弥太は草鞋《わらじ》の紐《ひも》を解いた。

通されたのは、内庭に面した小部屋だった。賑《にぎ》やかな声が聞こえてくる。酒宴が催されているのだろう。

羽織姿の四十過ぎと思える男がやってきた。細面で、鼻筋の通った渋い感じの男だ。いかにも女を食い物にしてきたような面構えだと思っていたのは偏見かもしれないと、小弥太は反省した。

「大野屋でございます」

向かいに腰を下ろして言う。

「矢萩《やはぎ》夏之介と連れの小弥太でござる。突然、押しかけて申し訳ありませぬ」

夏之介は挨拶をしてから、

「じつは、大野屋どのに少しお訊ねしたいことがある」

と、本題を切り出した。

「なんでしょうか」

大野屋は微笑《ほほえ》む。

「阿久津村にいるお染さんという娘のことですが、こちらに売られて来るという噂を小耳にはさみました」

「さて、そのような噂があるとは」

大野屋は困惑したような顔をする。

「いかがですか」

「なぜ、そのようなことをお訊ねなさいますか」

「お染さんとはちょっとした知り合いでしてね。気になったものですから」

「お染さんはなんと？」

「それが陣屋の牢内におり、会うことが叶《かな》いません。それで、こうして、大野屋どのに、直接お訊ねに上がった次第」

「さようでございますか」

大野屋はじっと夏之介を見、さらに小弥太にも目をやり、

「それを知ってどうなさるおつもりですか」

と、逆にきいた。

「どうもせぬ。ただ、知りたいだけです」

「そうですか。では、お答えいたしましょう。お染という娘はうちには参りません」

「まことですか」

「はい」

「そうですか。わかりました。ところで、ご亭主は阿久津村の名主の綱右衛門どのとは親しいのでしょうか」

「いえ、さして親しいわけではありませぬが……」

大野屋は窺《うかが》うような目をした。

「では、一本杉の重四郎という男は？」

「さて、いったい何をお訊ねになりたいのですかな」

「じつは、ある噂を耳にしましてね」

「また、噂ですか」

大野屋は皮肉そうに口許を歪めた。

「さよう。ご存じですかな」

「いや」

「名主の綱右衛門と一本杉の重四郎、そして大野屋どのとが手を組み、阿久津村の娘をここに連れてきているという話です」

「ばかな。そんな根も葉もないことを信用なさったのですか」

大野屋は冷たく笑う。

「いや、根も葉もないことではないようです」

「………」

「この話を一本杉の重四郎にしたところ、浪人を使って我らを殺そうとしました」

「それは何かの間違いでしょう」

「しかと言えるのですか」

「はい。私どもにはなんのことかまったくわかりません」

「さようか」

夏之介は頷《うなず》いてから、

「小弥太。どうやら、名主の綱右衛門と一本杉の重四郎のふたりだけの企みということらしいな」

と、小弥太に言う。

「大野屋どのが関係していないなら、そうなりますね。もっとも、この件は綱右衛門と重四郎のふたりだけでなく、組頭の長兵衛も絡んでいるのではありませぬか」

夏之介の意を酌み、小弥太は大野屋に聞かせるように言う。

「お待ちください。名主の綱右衛門と一本杉の重四郎の企みとか、いったい何のお話でございますか」

大野屋の目が鈍く光った。

「いや、ご不審に思われるのは無理もござらぬ。こちらには阿久津村出身の娘がかなりおられるようですな。それも若い娘ばかり。そう、今は八人。歳をとって容色が衰えたり、病気になったりしたものは他の飯盛旅籠に下げ渡されるとか」

「何を仰《おつしや》るかと思えば……」

大野屋が口許を歪め、蔑《さげす》むような笑みを浮かべた。

「大野屋どのはご存じないようだから教えて差し上げましょう。じつは、名主の綱右衛門は郷代官として高い年貢を村民から取り上げ、そのために暮しが立ち行かなくなった家に重四郎が金を貸して……」

夏之介が村の娘を飯盛女に売り飛ばす仕組みを話すうちに、大野屋の表情は強張《こわば》ってきた。ときおり、不敵な笑みを浮かべたのは強がりだろう。

「ここに売られてきた娘の家は、重四郎から金を借りて返せなくなったところばかり」

「そのようなことはありません。あったとしても、偶然でしょう。また、そうだとしたら、重四郎さまは人助けをしていることになりますな。立派なことではありますまいか」

大野屋は平然と言う。

「本気で、そう思っているのですか」

「もちろんでございます」

「このことは領主の古川文左衛門どのの知らないところで行われている。もし、その実態を知ったら何と思うでしょうかな。大野屋どのの言うように、立派なことと褒め讃えるかどうか」

「褒めると思いますよ」

大野屋は口許を歪めて笑った。

「明日は、家老の戸田清兵衛どのが阿久津村に来るようだ。出来たら、我らもお会いしたいと思っている」

暗に、村の娘を飯盛女に売り飛ばす仕組みを話すと言っているのだが、大野屋は動じることなく、

「さようでございます。戸田さまは、明日の昼にこちらにもいらっしゃいます」

「なに、ここに？」

夏之介は驚いてきき返す。

「はい。いつも、ここで休憩をなさってから、夕方に阿久津村の陣屋に向かわれます」

「なんと」

夏之介は口をあんぐりあけた。小弥太も、大野屋と戸田清兵衛の関係は意外だった。

「明日、お見えになったら、私からもあなたさま方のことをお話ししておきましょう。なんなら、お会い出来るように取り計らいましょうか」

「…………」

夏之介はふと表情を曇らせた。大野屋の余裕に戸惑いを覚えたのかもしれない。

小弥太も、大野屋の落ち着き振りに不審を抱いた。

「なぜ、戸田どのはここに来るのだ？　ここで遊ぶのか」

夏之介はやっと口にした。

「いえ、単なる休憩でございます。いつも、戸田さまは途中の川崎宿で泊まり、次の日の昼過ぎにここにお着きになります。ですから、私どもも戸田さまとはたいへん親しくさせていただいております」

「戸田どのにお会いするときは、そなたにお頼みいたそう」

「いつでも」

大野屋は笑って請け合い、

「そろそろ、よろしいですか。忙しい身でして」

と、立ち上がる素振りを見せた。

「わかりました。そう、最後にひとつ。去年、こちらにお染さんを連れて来ようとした女衒《ぜげん》はなんという名ですか」

夏之介は話題を変えた。

「女衒ですか。確か、房次《ふさじ》という男でした」

「房次は今どこにいるかわかりませんか」

「女衒などあちこちの土地に行って目ぼしい女を探してきます。もう、この土地にはいないようです。去年の夏以来、会っていません」

「では、その後、娘を連れてきていないのですか」

「そうです。では」

大野屋はさっさと立ち上がった。

「これは失礼いたしました」

夏之介も腰を上げた。

廊下に出たとき、内庭の向こうの廊下の暗がりから誰かが見ているのに気づいた。正体はわからなかった。

『大野屋』を出てから、小弥太は大野屋が戸田清兵衛と親しいらしいことが気になった。『大野屋』にやってきているなら、阿久津村出身の女が多いことに、戸田清兵衛も気づいているのではないか。

だとしたら……。小弥太はそのことで夏之介の考えをきこうとしたが、もうひとつ、大野屋の話から引っかかっていることがあった。

小弥太はまずそのことから口にした。

「房次という女衒はどこに行ったんでしょうか。女衒だから、他国の村まで娘を探しに行くのかもしれませんが、去年の夏以来、姿を見せていないとは……」

「確かに妙だな」

夏之介は暗い表情になり、

「去年の夏といえば、七三郎《しちさぶろう》さんがお染さんを助けた頃だ。そのあとに、姿を消していることになるな」

「去年の夏……」

その言葉を最近、どこかで聞いたような気がした。

人足たちで賑やかな場所に差しかかった。問屋場だ。通りに荷物がたくさん並んでいた。馬も何頭も駆りだされていた。

人足の中に勘助の顔があった。

勘助を見て、小弥太はあっと声を上げた。去年の夏、その言葉を口にしたのは勘助だった。

「夏之介さま。たしか勘助さんの知り合いです」

「うむ」

夏之介も気がついた。

人足がたむろしているところに行き、

「勘助」

と、夏之助が声をかけた。

「あっ、旦那方」

勘助は近寄ってきた。

「どうしたんですね」

「ちょっとききたい。そなたの知り合いが去年の夏、殺されたと言っていたな」

「へえ」

「その者の名は？」

「へえ、房次です」

「房次となひょっとして、女衒では？」

「ご存じなのですか」

「うむ。ちょっとな」

向こうから、勘助に声がかかった。

「いけねえ。すいません。荷の到着が今時分になっちまったんですよ」

勘助は戻って行った。

勘助の小屋に引き上げる。

「女衒の房次は殺されていた。勘助は博打絡みではないかと言っていたが……」

夏之介が首をひねった。

「房次は金を持っていたそうですね。去年の夏は、七三郎さんがお染さんを助けるために六十両を房次に渡しています。その金ではないでしょうか」

「そうだ。房次は博打絡みで殺されたのではない」

夏之介も険しい顔つきになり、

「お染さんを七三郎さんに譲ったことで、大野屋の不興を買ったのか」

と、想像した。

「しかし、破格の金を大野屋も受け取っているはずです。損はしていないと思いますが、それでも房次が許せなかったのでしょうか」

小弥太は疑問を投げかけ、

「それに、お孝さんが言うには、去年もお染さんが『大野屋』にやって来るという話は聞いていなかったそうです」

「妙だな」

夏之介はそのまま押し黙った。

勘助の小屋に着いても、まだ考え込んでいた。小弥太も考えたが思いつかない。ただ、お染は『大野屋』に売られようとしていたのではないことは確かだ。そこから、どこかへ送られることになっていた。それはどこか。

小屋に入り、小弥太は行灯《あんどん》に灯を入れる。

「いかがですか」

徳利から茶碗に酒を注いで、夏之介に差し出す。

夏之介は黙って受け取り、口に運ぶ。

「大野屋と戸田清兵衛が親しいらしいことが引っかかる」

やっと夏之介が口を開いた。

「はい。戸田清兵衛が『大野屋』にやってきているなら、阿久津村出身の女が多いことも当然気づいていると思うのですが」

小弥太も疑問を口にした。

「お染さんは『大野屋』ではなく江戸に売られていくのかと考えたが、それなら何も『大野屋』を介在させずともよい」

「はい」

そのとおりだと、小弥太も思う。

「名主の綱右衛門の妾《めかけ》とも違う。お染さんの話では、綱右衛門の妾より、飯盛女のほうを選んだのだ」

「そうですね」

「こう考えるしかない」

夏之介は大きく深呼吸をした。

「なんでしょうか」

「はじめは、古川文左衛門ではないかと思った」

「えっ、領主が？」

「だが、領主の妾になるなら、何もあのような手の込んだ方法をとらなくともよいはずだ。いったん、飯盛女になった女を身請けするという体裁をとらざるを得ないのは……」

小弥太はあっと声を上げた。

「お染さんを妾にしようとしたのは家老の戸田清兵衛」

「そうだ。そうとしか考えられない。戸田清兵衛はお染さんに懸想をしたが、領民の娘を妾にするなど古川文左衛門の手前、出来やしない。そこで、飯盛女に落ちた娘を助けるという形をとることにした……」

「では、戸田清兵衛も仲間ということですか」

名主の綱右衛門ら村三役が、一本杉の重四郎や飯盛旅籠『大野屋』の主人とぐるになって村の娘を食い物にしている実情を、家老の戸田清兵衛に訴える。そこに活路を見出そうとしたが、肝心の戸田清兵衛も一味だとしたらそれも意味がなくなる。

「残念ながら、そうとしか考えられない」

夏之介も無念そうに言い、

「大野屋はこっちの追及にも平然としていた。戸田清兵衛がぐるだからだ。大野屋はそのことを我らに匂わせ、追及は無駄だと暗に脅していたのだ」

と、憤然とした。

「明日、戸田清兵衛が陣屋にやってきます。戸田清兵衛に訴えても無駄だということですね」

小弥太も唖然《あぜん》とした。

「そうだ。我々のやろうとしていたことはまったく意味がなかったのだ」

「でも、まだそうと決まったわけではありません。戸田清兵衛はそんな男ではないかもしれません」

「ふつうであれば、領主の家老が飯盛旅籠の亭主と親しくすることはあるまい」

「戸田清兵衛は、大野屋たちのからくりに気づかずにつきあっているかもしれません」

「もちろん、そのことに賭けてみるのもいいかもしれない。だが、極めて勝算のない賭けになろう」

「でも」

なおも、小弥太は何か言いかけた。だが、あとの言葉は続かなかった。

「駕籠訴の首謀者多吉らの処分が見送られたのは、お染さんが戸田清兵衛の妾になることを聞き入れたからだ。お染さんは身を犠牲にして多吉らを救ったのだ」

夏之介はやりきれないように言う。

「もはや、打つ手はないということですか」

小弥太は怒りを抑えきれずに言う。

「そうだ。戸田清兵衛が僅《わず》かな望みだった。その望みが断たれた今、万策尽きた」

仇の軍兵衛を追うのを中断し、阿久津村のために十日も滞在したのだ。それなのに悪を退治出来なかった。

夏之介は天井を仰ぎ、それから深く長いため息をついて、

「小弥太。明日の朝、出発しよう。七三郎さんには島吉さんから話してもらおう」

と、言い出した。

「そなたの言うように、こんなことにかかずらうことなく、先を急ぐべきだった。軍兵衛はもはや岡崎《おかざき》を過ぎ、宮《みや》に近付いているかもしれない」

「いやです」

小弥太は叫んだ。

「このままではいやです。気持ちが治まりません。夏之介さま、このままこの地を立ち去ってもいいのですか。私はいやです」

「小弥太。落ち着け」

夏之介がたしなめる。

「そなたの悔しさはよくわかる。私だって無念だ。だが、これまでだ」

「お染さんたちの力になると言ったのは夏之助さまではありませんか。私が軍兵衛を追うべきだと言ったときも、阿久津村を見捨ててはおけないと言ったではありませんか」

「あのときは、まだ打つ手があった。今とは事情が違う」

「このまま旅立ったらきっと悔いが残ります」

「…………」

「七三郎さんが何か摑《つか》んできてくれるかもしれません。その知らせを待ってから、どうするかを決めても遅くはありません」

小弥太は懸命に訴える。

「もはや、軍兵衛には追いつけません。でも、軍兵衛の行き先はわかっているのです。富永《とみなが》村では軍兵衛に強力な助っ人がつき、仇を討つのが難しくなるかもしれません。でも、夏之介さまと私が組めば、決して恐れることはありません」

「そうだな」

夏之介が俯《うつむ》けていた顔を上げた。

「よし、七三郎さんを待とう」

「はい」

小弥太は大きく返事をした。

「だが、七三郎さんを待っても見通しが立たなければ潔く諦めるのだ。よいな」

「はい」

小弥太は俯いた。

いよいよ明日、戸田清兵衛がやって来る。清兵衛が、こっちが思ったような人間でないことを祈るのみだった。

三

翌朝、暗いうちに、小弥太は目を覚ました。

刀を持って小屋を出る。小川の傍に立ち、東の空を見つめる。朝焼けで、空が赤くなっていた。

小弥太は、刀の素振りをした。心が弱ったとき、素振りを繰り返すごとに気持ちが持ち直してくる。

五十回、百回、二百回と繰り返すうちに、空は明るくなってきた。

五百回を超えたところで、小弥太は息を整えた。

「おはようございます」

背後で声がした。勘助だった。

「おや、今、お帰りですか」

「へえ。あのあと、ちょっと」

馴染《なじ》みの飯盛女のところに行ったらしい。入れ揚げているのではないかと、少し心配になった。

「稼いだ金をぜんぶ女に注ぎ込んでいるのではありませんか」

「いいえ、そんなことはありませんけど。それに、あっしが遊ぶのは安い宿場女郎ですから」

「でも、ほどほどにしないと」

「へえ、わかっているんですがね」

勘助は舌をぺろりと出した。

「飯の支度をしましょう」

そう言い、勘助は小屋に入って行く。

小屋に戻ると、夏之介が起きていた。ゆうべ、夏之介もなかなか寝つけなかったようだ。寝入ったのは明け方近くになってからなのだろう。小弥太が起きたとき、夏之介は寝入っていたのだ。

「早いな」

夏之介が声をかけた。

「なんだか、早く目が覚めてしまいました」

勘助が朝餉《あさげ》の支度をしてくれた。

飯を食いながら、夏之介が勘助にきいた。

「房次を殺した下手人は捕まらなかったのか」

「ええ。捕まりませんでした」

「博打の揉《も》め事とか言っていたが、どうしてそう思ったのだ?」

「匕首《あいくち》で刺されていましたからね。それに、博徒の親分がここまで房次を探しに来たんですよ」

「ほう。博徒の親分がか」

「へえ。で、房次の死体がみつかったのは、その次の日でした。だから、てっきり賭場での揉め事かと思ったんです」

「そのことは宿役人には?」

「よけいなことを話して、親分に睨まれたら困りますからね」

「黙っていた?」

「へえ。黙ってました」

「博徒の親分と『大野屋』の主人は兄弟だそうだな」

「へえ、そうです。あの兄弟は宿場の顔役ですよ」

「なるほど」

夏之介が頷いた。

やはり、房次はお染を七三郎に譲ったことで、大野屋の怒りを買ったのだ。房次はお染を『大野屋』に売るつもりでいたが、大野屋のほうはさらに戸田清兵衛に渡すつもりだったのだ。

「なんで今頃、房次のことが問題に？」

勘助が不思議そうにきいた。

「いや、なんでもない。ただ、房次が残したふとんを使わせてもらっているので、気になったのだ」

「そうですか」

勘助はそれ以上はきこうとしなかった。

勘助は他人のことには関心を示さない性分のようだ。その点は、気が楽だった。

「きょうも宿場での仕事があるのか」

夏之介が勘助にきいた。

「へえ。ゆうべの荷物を運び出さなきゃならねえんです」

「ごくろうだな」

「へえ」

「稼げば、また女に会いに行けますから」

「くどいようだが、女に入れ揚げて身を持ちくずすな。先の暮しのことも考えろ」

「でも、あっしのような人間に先があるとは思えねえ。この地に流れ込んで、こうして暮らしている。それだけで十分でさ。その日、その日を楽しく生きていければいいいんです」

「しかし、病気をすれば、たちまち暮しは立ち行かなくなってしまう」

「そんときはそんときでさ」

「好きな女がいるなら、一生懸命に働いて金を稼いで、女を身請けしたらどうだ」

「冗談でしょう。一日をかすかす生きていくだけの金しかもらえねえのに、金を貯めることなどまったくの夢ですよ」

勘助は自嘲《じちょう》した。

「なんとかならぬのか」

「無理ですね」

小弥太はふたりのやりとりを聞きながら、夏右衛門のことを思いだした。夏右衛門も小弥太親子に親身になってくれた。

もし、あのとき夏右衛門に出会わなければ、父は命を失い、母の病気も治すことが出来ず、小弥太もやがてお天道様の下を歩けない生き方をするようになっていただろう。

夏右衛門だから、小弥太を夏之介と同じように育ててくれたのだ。もし、夏右衛門に出会わなければ、小弥太は今の勘助と同じような生き方をしていたに違いない。

「勘助さん」

小弥太は口をはさんだ。

「女のひとには年季明けがあるんでしょう」

「ええ、ありますけど」

「年季が明けたら、その女のひとを迎えに行ったらどうですか」

「冗談でしょう。女たちは借金、借金で年季明けなど、どんどん先のばしですよ。それまでにこき使われ、病気になって死んでいく。そんな女がたくさんいます」

「勘助さんは、好きな女がそうなってもいいんですか」

「えっ?」

「そうさせないためにも金を貯めて、借金を肩代わりしてあげるのですよ。何年かかろうといいではないですか。十年後の、勘助さんとその女のひととの暮しを夢見て」

「…………」

勘助の目は生気が宿ったようにぎらついてきた。

「十年後ですか」

勘助が呟《つぶや》く。

「そうです。目先のことではなく、十年後のことを考えるのです」

「すいません。ちょっと出かけてきます」

勘助がいきなり立ち上がった。

「どうしたんですか」

「今から行けば、新たな荷物の到着に間に合います。その仕事もしてきます」

勘助はあわただしく出て行った。

「素直ないい奴だ」

夏之介が口許を綻《ほころ》ばせ、

「それにしても、小弥太。よく勘助を諭《さと》してくれた」

「夏之介さまが本気で勘助さんの身を心配している姿を見て、旦那さまのことを思いだしたのです」

「父のことを?」

「はい。私たち親子を真剣に心配してくださっていました。今の夏之介さまのお姿が、旦那さまにそっくりでした」

「そうか」

夏之介はしんみりした。

「はじめからそなたの言うことを聞いていれば、今頃は軍兵衛を討ち果たし、父の仇をとっていたかもしれぬな」

「いえ。旦那さまが今の夏之介さまのお立場だったら、きっと同じように阿久津村のために労を執られていたと思います。きっと、これまでの夏之介さまのお働きをお褒めになってくださるはずです」

「うむ。そうだな」

夏之介は納得するように何度も頷いた。

昼前、夏之介と小弥太は饅頭笠《まんじゅうがさ》をかぶり、宿場にやってきた。

そして、蕎麦《そば》屋の脇の『大野屋』を見通せる場所に立ち、戸田清兵衛の到着を待ちわびた。

この時間、たまに旅人が行き交う程度で、宿場も比較的静かだった。それでも、馬のひづめが聞こえ、荷駄が問屋場に向かう。

半刻（約一時間）ほど経った。江戸方見付のほうから編笠に野袴の武士が、供の侍ふたりと中間ふたりを連れてやってきた。

「あれが戸田清兵衛のようだ」

夏之介が一行に目を向けて言う。編笠に隠れて顔は定かではないが、微かに見える顎《あご》は鋭く尖《とが》っている。

細身だが、背筋は伸び、肩幅が広い。

一行は『大野屋』に入って行った。

「どうしますか」

「出て来るのを待とう」

「はい」

その後、羽織姿の恰幅《かつぷく》のよい男が『大野屋』に入った。大野屋に顔だちが似ていたので、兄弟の博徒の親分かもしれない。戸田清兵衛に挨拶しに来たのか。その男は四半刻（約三十分）後に引き上げていった。

半刻ぐらい経ち、陽が大きく傾きだした頃、『大野屋』から戸田清兵衛が出てきた。

細面で額が広く、目が大きい。鼻は鷲鼻《わしばな》で、顎はさっき見たように鋭く尖っている。四十前後のようだ。

五人連れの一行は宿場を行き、橋を渡ってから阿久津村への道に入った。

あとをつける。遮るものはないので、こっちの姿は丸見えだった。夏之介と小弥太は少し離れてついて行く。

「どうしますか」

小弥太はきく。

「同じ穴の貉《むじな》だが、本人の口から、そのことを確かめる。あの木立の中で声をかけよう」

前方に木立が見える。そこはちょっとした広い場所になっている。

一行は石地蔵の祠《ほこら》の前を通る。遅れて、夏之介と小弥太が差しかかった。

「夏之介さま」

ふいに、石地蔵の祠の裏から声がかかった。

「あっ、七三郎さん」

小弥太は振り向いて目を瞠《みは》った。旅装の七三郎だった。

「いったい、どうしたんですか。そんなところで」

「この先に、人相のよくない浪人や棍棒《こんぼう》や匕首を持った博徒の子分連中が、十人近く待ち構えています」

「なんですって」

小弥太は耳を疑った。

「さっき帰ってきました。裏道を通り、島吉さんの家に向かう途中、博徒の連中がぞろぞろ通ったので、何ごとかとこっそりあとをつけたんです。そしたら、浪人たちと合流して阿久津村のほうに行きました。この先の木立の中で待ち伏せの様子。すぐに宿場に引き返す途中、さっきの一行が見えたので、とっさにここに身を隠しました。そしたら、後ろから夏之介さまたちが……」

「狙いは我々か」

夏之介が信じられないように言う。

「そうとしか考えられません。以前にも寺の離れに隠れているときに襲いかかろうとしました」

七三郎が応じる。

小弥太もなぜ、戸田清兵衛が我らを襲おうとするのか、そのわけがわからない。もはや、我らは脅威ではないはずだ。

「夏之介さま。ともかく、ここを引き上げましょう」

まだ納得できない顔つきの夏之介に声をかけ、

「早く、七三郎さんの話を聞きましょう」

と、小弥太は説き伏せた。

「わかった」

やっと、夏之介も引き返すことに従った。

しかし、なぜ、待ち伏せをするのか、そこまでする理由が小弥太にはわからなかった。

四

その夜、勘助の小屋で、久し振りに七三郎との再会を祝して酒を酌み交わしたあと、改めて七三郎が話しはじめた。

「古川文左衛門の屋敷の奉公人や出入りをしている商人、周辺の辻番所などで話を聞きましたが、重四郎という名の男は見出せませんでした」

「名を変えているのではないか」

「はい。いなくなった者がいないかも併せてきいたところ、出入りの商人がこんなことを言ってました。五年ほど前まで古川家に中小姓として奉公していた鎌田《かまた》草次《そうじ》郎《ろう》という侍が姿を晦《くら》ましていると」

「鎌田草次郎……」

「はい。小禄の御家人の次男で、身持ちが悪く、実家を勘当させられたのを、古川文左衛門が奉公人に加えてやったそうです。口が達者なので、他家への使い番として重宝がられたそうです。五年前、日本橋本町にある金貸しの主人を斬り、草次郎は出奔したそうです。古川文左衛門が借金をしていた相手だそうですが、草次郎の私怨から斬ったということで、奉行所が手配しましたが、行方は杳《よう》としてしれないということです」

「なるほど。私怨からではなく、古川文左衛門に頼まれたのではないか。自分のために金貸しを斬った草次郎を、文左衛門は自分の知行所の阿久津村に匿《かくま》ったというわけだ」

夏之介は大きく頷く。

「当時、戸田清兵衛が草次郎をそそのかしたのではないかという噂があったそうです」

「草次郎が重四郎でしょうか。もし、そうなら、重四郎と戸田清兵衛は深い関係があったということになりますね」

小弥太が口にする。予想した恐れが的中し、僅かな望みを断ち切られたことを知った。

「何か草次郎に特徴はないか」

　夏之介が確かめる。

「右の肩に、火傷《やけど》の跡があるそうです」

「重四郎の肩を確かめるまでもないだろう。重四郎が鎌田草次郎であることは間違いあるまい。やはり、皆はぐるだったのだ」

　夏之介は忌《い》ま忌《い》ましげに言い、

「もはや、お手上げだ」

　と、やりきれないように言った。

「追及する手立てがないということですかえ」

　七三郎が食いつくようにきいた。

「残念ながら、手立てはない。全員が敵なのだ。我らに味方はいない。せめて、多吉が駕籠訴をする気概があればいいのだが、たくさんの犠牲者を出すことに恐れをなしている。もう無理だ」

　夏之介は肩を落とした。

「夏之介さま。多吉から預った訴状をお持ちですか」

七三郎がきく。

「どうするのだ？」

「あっしが老中に訴え出ます」

「だめだ」

夏之介は言下に言う。

「どうしてですかえ。村の者じゃないからですか」

「そうだ。村の者が命を懸けてこその直訴だ。よそ者が訴状を出しても、信用してもらえるはずがない。古川文左衛門が否定することはもちろん、名主の綱右衛門も否定をし、さらに多吉もそうだ。偽りにより、世を惑わす不届き者ということで始末されることが目に見えている」

「なんてこった」

七三郎は拳で床を叩いた。

絶望の淵に追い詰められた。小弥太は胸をかきむしりたくなるほどの苦痛に襲われた。何かないのか。何か手立てが……。

重四郎と鎌田草次郎。ふいに、小弥太の中でひらめいた。

五年前に人殺しをして出奔したのなら、奉行所から手配されているはずだ。そして、江戸から逃亡したのなら、代官に伝わっているはず。

さらに、村では……。

突然、七三郎が青ざめた顔で、

「こうなったら、あっしは陣屋に押し入ります」

と、声を震わせた。

「戸田清兵衛と名主の綱右衛門を斬ります」

「だめだ」

夏之介が言下に言う。

「そなたが重罪人になる。逃げ果《おお》せてもお尋ね者だ。それに、そなたが戸田清兵衛と名主の綱右衛門を殺しても、単なる狼藉《ろうぜき》者の仕業で始末される。村の窮状を訴えるのは村人がやらねばならぬのだ」

そうなのだ。村の人間がやらなければ何もはじまらないのだ。これが多吉もいっしょに押し入るなら……。

あっ、と小弥太は声を上げ、覚えず立ち上がって、

「お染さんは……」

と言ったきり、あとの言葉が続かなかった。

「小弥太。どうしたというのだ、急に立ち上がって」

夏之介が不思議そうにきいた。

「お染さんの思惑がわかりました。お染さんが戸田清兵衛の妾になることを聞き入れたのは、ふたりきりになった隙《すき》を狙って清兵衛を殺すつもりなのでは……」

「そういうことか」

夏之介が顔色を変えた。

「あれほど領主の圧政に手向かおうとしていたお染さんがあっさり諦めたのは、この企みを持ったからだったのです。おそらく、多吉も、同意したのではありませんか」

小弥太はお染の覚悟に胸を熱くしながら言う。

「そうだ。小弥太の言うとおりだ。お染さんは悲壮な覚悟を固めたのだ。閨《ねや》であれば、戸田清兵衛も油断しよう。殺しは代官では処断出来ぬ。勘定奉行のもとに送ら

れるはず。お染さんの狙いはそこだ。間違いない」

「勘定奉行のお裁きの場で、村の窮状を訴えるというわけですね」

七三郎は興奮して言う。

「そうだ。領主の家老が村の娘を妾にしようとした。そのことだけでも、勘定奉行の注意を引くであろう」

夏之介は気持ちを昂《たかぶ》らせ、

「あっぱれなり、お染さん」

と、声を張り上げた。

「とめましょう」

小弥太は叫んだ。

「なに？」

夏之介が不思議そうな顔を向けた。

「とめる？　何を、だ？」

「お染さんの企みをです。うまくいくとは思えません」

「何を言うか。もはや、それしか手立てがなかったのだ。お染さんの気持ちを酌んでやるんだ」

「いけません。うまく戸田清兵衛を殺せるかどうか、私には疑問です。仮に、殺せたとしても、名主の綱右衛門が清兵衛の死を隠蔽《いんぺい》してしまいませぬか」

「陣屋には他に奉公人がいる。隠し通せぬ。騒ぎは必ず、勘定奉行の耳に届く」

夏之介はお染の肩を持つように言う。

「いえ、お染さんの乱心ということにされかねません。それより、その場でお染さんは殺されてしまうかもしれません。きわめて危険な賭けです」

「確かに危険な賭けだ。だが、それ以外に手立てがないのだ。お染さんは覚悟の上のことであろう。我らが闇に忍び込み、いざというときに飛び出してお染さんに手を貸せばいい。そして、宿場で戸田清兵衛が村の娘に殺されたと言いふらすのだ。綱右衛門が隠蔽しようとしても無駄なように」

夏之介は今夜にも陣屋に忍び込み、お染に手を貸すつもりになっていた。

「お染さんが犠牲になります。うまくいっても、お染さんは死罪になりましょう。私はお染さんを死なせたくありません」

「では、このまま黙って戸田清兵衛の妾になれと言うのか」

夏之介が反論した。

「いえ、手立てがあります。最後の手立てが」

「なに、それはほんとうか」

「小弥太さん、手立てがあるんですか」

七三郎も夢中できいた。

「あります。七三郎さんが摑んできてくれたことですよ」

「あっしが？」

「一本杉の重四郎のことです」

「重四郎か」

夏之介がはっと気づいたように目を見開いた。

「はい。重四郎が鎌田草次郎であることは間違いありません。五年ほど前に人殺しをして出奔した鎌田草次郎は、奉行所から代官所にまで手配されているはずです。もし、村に潜伏しているなら、村役人が捕縛しなければならないはずです」

「そうか。多吉ら村人に重四郎を捕まえさせるのだ。重四郎を匿った罪は、戸田清兵衛、名主の綱右衛門にも及ぶはず」

夏之介は顔を紅潮させて、

「明日、多吉に会いに行く」

と、勇んで言った。


翌朝、夜が明け切れぬうちに、三人は阿久津村に向けて出発した。朝焼けで東の空は赤く染まっていたが、やがて空が白みはじめてきた。

朝の早い百姓家の前には、どこも人影が動いていた。

多吉の家にやってきた。戸を叩くと、思い詰めたような目をして、多吉が顔を出した。

「多吉、話がある。大事な話だ」

夏之介が口を開く。

「はい。どうぞ」

夏之介の気迫に押されたように、多吉はあわてて三人を中に請《しょう》じ入れようとした。

「いや、外でいい」

「外ですか」

「誰にも聞かれたくない」

「わかりました」

多吉は家族に何か言ってから母屋を出て、裏の物置小屋に向かった。今にも倒れそうな小屋だ。

その小屋の裏手に向かった。道からは見えない場所だ。

「多吉。まず、ひとつ確かめたいことがある。お染さんのことだ」

「はい」

多吉が緊張するのがわかった。

「きのう、家老の戸田清兵衛がやってきた」

多吉は黙って頷く。

「お染さんは戸田清兵衛の妾になるのではないか」

答えまで間があったが、

「そうです」

と、多吉は悔しそうに答えた。

「だが、お染さんには何か目的があるな」

「いえ、そんなものは……」

「隠すな。戸田清兵衛を殺す覚悟ではないのか」

口を半開きにして、多吉は夏之介の顔を見ている。

「そうなのだな」

「はい。そうです」

多吉は泣きそうな顔になった。

「陣屋の牢に会いに行ったとき、お染さんが打ち明けてくれました。自分が戸田清兵衛の妾になれば、直訴の罪を問われず、亀三さんや松吉さんも解き放たれる。だから、妾になることを聞き入れたと。そのあとで、こう言ったんです。でも、戸田清兵衛を殺し、お裁きを受ける。そして、村の窮状を訴えると」

やはり、そうだったのだと、改めてお染の悲壮な覚悟が身に迫った。

「わかった。だが、お染さんを犠牲にしてはならぬ。お染さんを助ける」

夏之介がきっぱりと言う。

「いえ、お言葉ですが、お染さんは村のために身を犠牲にしようとしているんです。あっしもそれに従います。お裁きの場で、あっしも村のことを訴えるつもりです」

多吉も身を震わせて言った。

「多吉。よいか、よく聞くんだ」

夏之介が語勢を強めて言い、

「一本杉の重四郎は、江戸でひとを殺し、手配されている鎌田草次郎という侍に違いない。そんな者が村に住んでいる」

「ほんとうなんですか」

「鎌田草次郎の肩に火傷の跡があるそうです」

小弥太が口をはさむ。

「火傷の跡？　あっ、ありました。あの男の肩に膏薬《こうやく》を貼ったような痣《あざ》があります。諸肌脱いで薪《まき》割りをしているときに、その痣を見ました」

「間違いない。鎌田草次郎だ」

夏之介が厳しい顔になり、

「よいか、多吉。村に人殺しがいる。村の主だった者を集め、重四郎を捕らえるのだ。俺たちが手を貸す。そこから道が開ける」

「わかりました。急いで、ひとを集めます」

多吉は興奮して答える。

「よし。重四郎の家に来るのだ。俺たちは重四郎の家に行っている」

「わかりました」

多吉は急いでいったん家に戻った。

「よし、行くぞ」

「はい」

夏之介と小弥太、七三郎の三人は一本杉の重四郎の家に向かった。


重四郎の家の前に立った。

小弥太は戸を叩き、

「ごめんください」

と、大きな声で呼びかけた。

しばらくして、戸が開いて、重四郎が出てきた。

「おまえたちか」

重四郎が苦々しい顔で言う。

「先日、八幡神社ではたいへんな歓迎を受けましたな」

夏之介が前に出た。

「礼には及ばぬ」

「少し、話がある。立ち話も出来ないので、中に入れてもらえませんか」

「それは困る」

「どなたかおられるのか」

「そうだ」

「女子ですか」

「そなたたちには関係ない」

「では、ここで話すしかないのですかな」

「用があれば、早く言ってもらおう」

「そうですか。じつは、この者がきのう江戸から戻ってきたのです。古川文左衛門さまの屋敷の奉公人や出入りの商人から、いろいろ面白い話を聞いてきました。重四郎どのにも、教えてあげようと思いましてね」

夏之介は七三郎に目をやった。

「へえ。重四郎さまのことを調べて参りました」

七三郎が口を開いた。

「鎌田草次郎というお侍をご存じですかえ」

「…………」

重四郎は眉根を寄せた。

「五年ほど前まで旗本古川家に中小姓として奉公していましたが、日本橋本町にある金貸しの主人を斬り、逐電しています」

「重四郎どのは鎌田草次郎をご存じではないですか」

夏之介が迫る。

「そなたたちに、問われて答える謂《いわ》れはない」

重四郎は家に戻ろうとした。

「お待ちください、重四郎どの。失礼だが、肩を見せていただけませぬか」

「なに？」

重四郎は気色《けしき》ばみ、

「無礼な」

と、語気を荒らげた。

「失礼は幾重にも謝ります。じつは、鎌田草次郎の肩には火傷の跡があるそうです。肩を見せていただければ、重四郎どのが鎌田草次郎ではないことが明らかになるのです。ぜひ、お願いいたす」

「断る。そなたたちに、強要する力はないはず」

「確かに。しかし、あの者たちにはある」

夏之介は振り向いて言った。

あっ、と重四郎が叫んだ。

多吉を先頭に鍬《くわ》や竹槍《たけやり》、棍棒をそれぞれ手にした百姓の一団がやってきた。

重四郎は顔色を変えた。

「ご苦労」

夏之介は多吉に声をかけてから、

「さあ、重四郎どの。疑いを晴らすには肩を見せるしかない」

「うむ……」

重四郎は目を剝《む》いて、

「おまえら、村役人でもなんでもあるまい」

と、強がる。

「人殺しが村に入り込むことは許されねえ」

多吉が棍棒を片手に言う。

「重四郎どの。従っていただけなければ、無理にでも調べさせていただく。小弥太」

「はっ」

小弥太は重四郎の前に立ち、

「調べさせていただきます」

と、その肩に手を伸ばした。

その瞬間、重四郎が小弥太に体当たりをしてきた。小弥太は素早く体を躱《かわ》し、相手の手首を摑んでひねった。

重四郎は一回転して背中から地べたに落ちた。七三郎が起き上がろうとした重四郎の肩を摑み、着物を引いた。

露《あらわ》になった右肩に火傷の跡があった。

「鎌田草次郎。観念せよ」

夏之介が一喝する。

重四郎は顔を真っ赤にして睨む。

「多吉。捕まえるのだ」

「はい。それっ」

多吉の掛け声に、百姓たちはいっきに重四郎に駆け寄り、縄でグルグル巻きにした。

「そなたは江戸に送られて死罪になる。覚悟をするのだな」

夏之介が冷酷に言い放った。

「くそ」

顔を醜く歪め、重四郎は夏之介に向かって唾《つば》を吐いた。だが、口許に涎《よだれ》のように垂れただけだ。

「江戸で金貸しを殺したのは古川文左衛門に頼まれたのか、それとも己れの事情か」

重四郎は後ろ手に縛られたまま、夏之介をまだ睨みつけている。

「知行所で匿ってもらっているのだから、古川文左衛門あるいは戸田清兵衛の依頼だな。どうだ？　この期に及んで、義理立てもあるまい。どうなんだ？」

「家老だ。戸田どのから頼まれた。こっそり斬ったつもりだったが、見ていた者がいた。それで、追われる羽目になった」

　重四郎は口惜しそうに言う。

「どうだ、取引をしないか」

「取引？」

「今のことを証文に書いて血判を捺《お》してもらう。そうすれば、逃げ道を用意してやる。このままなら、死罪だ。だが、取引をすれば、まだ逃亡出来る」

「ほんとうに逃がしてくれるのか」

「偽りではない」

「わかった」

「よし、家に入ろう。証文を書いてもらう」

　そのとき、重四郎の家の中で黒い影が動いたような気がして、小弥太は家に入った。しかし、人の気配はなかった。思い過ごしだったのか。

夏之介が重四郎を連れて家の中に入ってきた。小弥太は念のために裏口から外に出た。

しかし、ただ春の風が吹いているだけだった。

五

それから一刻後、陣屋の白洲《しらす》に多吉ら十数名の百姓が重四郎を取り囲んで立っている。

座敷に数人の男が現われた。戸田清兵衛に組頭の長兵衛、それに五十近い肥《ふと》った男が名主の綱右衛門のようだった。

「狼藉者。いったい、何ごとだ？」

弛《たる》んだ頬を震わせて、綱右衛門が憤然と叫んだ。しかし、戸田清兵衛の供の侍や陣屋の奉公人らが襲って来ることはなかった。

夏之介が座敷に向かって大声を出した。

「申し上げます。この一本杉の重四郎は実の名を鎌田草次郎といい、江戸でひとを殺《あや》めて手配されている者でした。五人組をはじめ、村人が力を合わせ、捕まえました。ただちに、江戸町奉行と勘定奉行にお知らせください」

「何を申すか。この男はそのような者ではない」

綱右衛門が眦《まなじり》をつり上げて言う。

「さよう。何を血迷ったのだ。早く、縄を解け」

戸田清兵衛が言い、長兵衛が座敷から廊下に飛び下りた。重四郎のもとに行こうとしたのを、

「待て」

と、夏之介が遮った。

「邪魔だ」

長兵衛が殴り掛かったのを軽く身を躱し、足で向こう脛《ずね》を蹴った。長兵衛は派手に飛び上がって悲鳴を上げてひっくり返った。

「静かにするのだ」

夏之介は一喝する。

「戸田どの。名主の綱右衛門どの。この者は鎌田草次郎ではないと言ったな。だが、

本人は認めた」

「なに」

戸田清兵衛が目を剝く。

「重四郎、まことか」

「戸田どの、もはや言い逃れは出来ませぬ」

重四郎は約束どおり言う。

「戸田どの。手配の者を匿った罪、いや、それはかりではない。江戸の金貸し殺しを命じたのは戸田どの、あなただ」

「きさま。裏切ったのか。恩知らずめ」

戸田清兵衛は重四郎に罵声《ばせい》を浴びせた。

「戸田どの、お見苦しいですぞ。それに名主綱右衛門どの。重罪人と知りつつ、村の宗門帳に名を連ねさせた罪、言い逃れは出来ぬ」

「…………」

綱右衛門はわなわなと震えだした。

「あまつさえ、飯盛旅籠『大野屋』と手を組み、わざと高い年貢を納めさせ、借金のかたに村の娘を飯盛女に売りつけてきた罪、万死に値する。また、戸田どのはお染なる娘に懸想し、妾にしようと企むなど、畜生にも劣る所業。断じて、許すわけにはいかぬ」

「違う。貧しい娘を救いたかっただけだ」

「言い訳無用」

うむと、戸田清兵衛は唸《うな》った。

「旗本古川文左衛門どのの家老の振る舞いは、古川家当主のお考えであろう。この上は、お目付に訴えなければならぬ。旗本古川家の存亡に関わろう。覚悟をすることだ」

「矢萩さま、お待ちください」

多吉が叫んだ。

「何か」

夏之介はおもむろに顔を向けた。

「名主の綱右衛門さまもご家老の戸田さまも、我らと共にこの村で共存してきました。我らはおふたりを断罪したいとは思いません。ただ、我らの暮しがもう少し楽になるように、年貢の高を考えていただきさえすればよいのです。どうか、お助けください」

「せっかくのそなたの頼みだが、これまでの所業を考えたら、この者たちが村人のことを考えるとは思えぬ。そもそもの根源は旗本古川文左衛門どのであろう。この阿久津村を古川どのから取り上げてもらい、新しい領主になっていただくことこそ、この村のためだ」

「ごっともだとは思いますが、これまでのつきあいから、戸田さまや名主さまを罪に陥れるのは心が痛みます」

「待ってくれ」

戸田清兵衛が必死の形相で訴える。

「悪いところは改めよう。年貢のことも考える。これからは村人の意見をよくきく。だから、ことを荒立てぬよう頼む」

「いや、信用出来ぬ」

夏之介は切り捨てる。

「第一、名主の綱右衛門に反省の色がない。組頭の長兵衛もそうだ」

「いえ、私もこれまでの非を改め、村人のために働きます。多吉。すまなかった。私はなまじ郷代官に任じられたために百姓に目を向けず、領主側に立っていた。これからは、郷代官を返上し、村人のために尽くす。約束する」

「矢萩さま。お聞きのとおりでございます。どうか、お見逃しを」

多吉は頭を下げる。

夏之介は含み笑いをしてから、

「他の衆はいかがだ？　許すのか」

と、多吉以外の百姓にきいた。

「みな多吉と同じでございます。どうか、名主さま、ご家老さまをお助けください」

百姓は口々に言う。

「あい、わかった」

夏之介は大声を張り上げ、

「お聞きのとおりだ。この者たちのたっての願いゆえ、聞き届けることにする。先程の約束を違《たが》えぬように」

と、戸田清兵衛と綱右衛門に念を押した。

「断じて」

「決して」

ふたりは口々に言う。

「それから、重四郎を村に置くことは出来ぬ。出て行ってもらうことだ」

「わかった」

戸田清兵衛が答える。

「多吉さん」

背後で女の声が聞こえた。

「お染さん」

多吉が声のほうに飛んで行った。お染が解き放たれたのだ。その背後にいたふたりの男に村人も駆け寄った。亀三と松吉に違いない。

「小弥太。重四郎どのの縄を解いてやれ」

「はい」

夏之介に言われ、重四郎の傍に行き、縄を解いた。

手首をもみながら、重四郎は感歎して言った。

「恐れ入ったお手並みよ。そなたの主人は若いのにたいした者だ」

「我が主人ながら、私も感心しております。されど重四郎さんは、またどこかの地に行かねばなりません。せっかくここで落ち着いたのに」

小弥太はなぐさめるように言う。

「いや。この村にだいぶ飽いていたところだ。ちょうどよかったかもしれぬ」

「そうですか。もう会うことはないと思いますが、お達者で」

立ち去ろうとしたとき、重四郎が呼び止めた。

「小弥太どの」

「何か」

小弥太は振り返る。

「私の家に寄宿していた者がおりました。八幡神社での襲撃、あるいはきのうの待ち伏せなど、そなたらを襲わせたのはその者の差し金」

「まさか、新谷軍兵衛？」

「さよう、新谷軍兵衛だ。あの男はわが家に泊まっていた。といっても、毎夜、

『大野屋』に女を買いに行っていたがな」

小弥太は自分でも顔色が変わるのがわかった。

「さっき、家の中で黒い影が動いたような気がした。ひょっとして」

「新谷軍兵衛だ」

「なんと」

軍兵衛がこの地にいたのか。

「陣屋に入れ知恵をして、亀三と松吉の身代わりを立てさせたのも軍兵衛だ。そなたらが必ず助け出しに来ると踏んで……。奸智《かんち》に長《た》けた男だった」

小弥太は夏之介の傍に行き、今の話をしてから、

「無駄だと思いますが、重四郎の家に行ってみます」

小弥太は陣屋を飛び出し、重四郎の家に急いだ。

しかし、新谷軍兵衛はいなかった。荷物もないことから、あのまま戸塚宿を出立したのかもしれなかった。

翌朝、夏之介と小弥太は勘助の小屋を出立した。

「いろいろありがとうございました。どうぞ、本懐を遂げられることをお祈りしております」

七三郎と勘助に見送られて、ふたりは戸塚宿の街道に出た。

「軍兵衛は我々を陰から見張って、隙あらば殺そうとしていたんです。我らが対したのは、すべて軍兵衛に操られていた者たちでした。まったくもって、憎き男です」

小弥太は憤慨した。

「だが、おかげで、軍兵衛との距離がそんなに開いていないことがわかった。軍兵衛の出立はきのうの午後だ。半日の差だ。うまくいけば、追いつける」

「はい」

宿場の家並みが途切れ、両側に石垣のある場所に差しかかった。上方口の見付、宿場の出口だ。

そこにふたりの男女が待っていた。

多吉とお染だった。

「このたびはほんとうにありがとうございました。このご恩は生涯忘れません」

お染が頭を下げた。

「いや、そなたの一命を賭しての思いが天に通じたのでしょう」

夏之介が微笑んで言う。

「いえ、おふたりがいなければ、地獄のままでした」

「多吉さんの大芝居も見事なものでしたよ」

小弥太が讃《たた》える。

「いえ、あっしはただ矢萩さまの言われたとおりにやっただけでございます」

「いずれにしろ、夏之介さまと多吉さんの役者ぶりには感心しました」

「ふたりとも、仕合わせに。よい夫婦《めおと》にな」

夏之介はふたりに言い、

「では」

と、別れを告げた。

松並木の街道を歩きながら、

「夏之介さま。ひとさまの難儀を見捨ててておけない性分はわかりますが、今後は軍兵衛を倒すこと以外には目をお向けにならないように」

小弥太は釘を刺す。

「わかった。おう、小弥太。富士が見事なことよ」

松並木の向こうに冠雪した富士が見えた。

また、新たな気持ちで、仇討ちの旅がはじまった。

この作品は書き下ろしです。

幻冬舎文庫

●幻冬舎時代小説文庫
はぐれ名医事件暦 二
女雛月《めびなづき》
和田はつ子

出産直後に殺された若い女の骸が発見される。自死と片付ける奉行所に不審を抱く蘭方医・里永克生は、玉の輿を狙った娘達が足繁く通う甘酒屋の噂を耳にして、事件の解明に乗り出す。

●最新刊
僕らはまだ、世界を1ミリも知らない
太田英基

「世界を舞台に活躍したい」。起業家が会社を辞め、バックパックにネクタイを入れて世界一周の旅に。ネットを駆使して出会いを繋ぎ、教養を深め、経験値を上げた。世界の面白さと深さを知る旅行記。

●最新刊
蜃気楼家族1
沖田×華

暴君の父、性的なものを毛嫌いする母、神経質ですぐ嘔吐する弟、「チャーハン臭い」とイジメられる私。魚津の小さな中華料理店でおかしな一家が繰り広げる爆笑&せつない怒濤の実録ストーリー。

●最新刊
バウルの歌を探しに
バングラデシュの喧噪に紛れ込んだ彷徨の記録
川内有緒

宗教、哲学、それとも?? 何百年も歌い継がれるバウルとは一体何か。バングラデシュの喧噪に紛れ込み、音色に導かれるかのように転々とした12日間の彷徨の記録。第33回新田次郎文学賞受賞作。

●最新刊
鈴木ごっこ
木下半太

「今日からあなたたちは鈴木さんです」。借金を抱えた見知らぬ男女四人に課された責務は一年間家族として暮らすこと。貸主の企みの全貌が見えた時、恐怖が二重に立ち上がる！ 震撼のラスト。

仇討《あだう》ち東海道《とうかいどう》(一)

お情《なさ》け戸塚宿《とつかじゅく》

小杉健治《こすぎけんじ》

平成27年6月10日　初版発行

発行人――石原正康
編集人――袖山満一子
発行所――株式会社幻冬舎
〒151-0051東京都渋谷区千駄ヶ谷4-9-7
電話　03(5411)6222(営業)
　　　03(5411)6211(編集)
　　　振替00120-8-767643
印刷・製本―中央精版印刷株式会社
装丁者――高橋雅之

幻冬舎時代小説文庫

ISBN978-4-344-42355-8　C0193　こ-38-1

幻冬舎ホームページアドレス　http://www.gentosha.co.jp/
この本に関するご意見・ご感想をメールでお寄せいただく場合は、
comment@gentosha.co.jpまで。